T0247184

# Algo alrededor de tu cuello

Biblioteca

# CHIMAMANDA NGOZI ADICHIE

## Algo alrededor de tu cuello

Traducción de
**Aurora Echevarría**

**DEBOLS!LLO**

Papel certificado por el Forest Stewardship Council®

**MIXTO**
Papel | Apoyando la
silvicultura responsable
**FSC® C117695**

Penguin
Random House
Grupo Editorial

Título original: *The Thing Around Your Neck*

Primera edición en Debolsillo: junio de 2024

*Printed in Spain* – Impreso en España

ISBN: 978-84-663-7467-5
Depósito legal: B-7.860-2024

Impreso en Black Print CPI Ibérica
Sant Andreu de la Barca (Barcelona)

P 3 7 4 6 7 5

# ÍNDICE

*Para Ivara*

## LA CELDA UNO

La primera vez que robaron en casa fue nuestro vecino Osita quien entró por la ventana del comedor y se llevó el televisor, el vídeo y las cintas de *Purple Rain* y *Thriller* que mi padre había traído de Estados Unidos. La segunda vez fue mi hermano Nnamabia quien, fingiendo que era un robo, se llevó las joyas de mi madre. Sucedió un domingo. Mis padres habían ido a nuestra ciudad natal, Mbaise, para ver a los abuelos, y Nnamabia y yo fuimos solos a la iglesia. Él condujo el Peugeot 504 verde de mi madre. Nos sentamos juntos en un banco como solíamos hacer, pero no nos dimos codazos ni contuvimos las ganas de reír al ver un sombrero feo o un caftán deshilachado, porque Nnamabia se fue sin decir palabra a los diez minutos. Volvió justo antes de que el sacerdote dijera: «Podéis ir en paz». Yo me ofendí un poco. Supuse que había salido para fumar y ver a alguna chica, ya que por una vez tenía el coche para él solo, pero podría haberme dicho al menos adónde iba. Volvimos a casa sin hablar y, una vez que aparcó en nuestro largo camino de entrada, me entretuve cogiendo unas ixoras mientras él abría la puerta principal. Entré y lo encontré inmóvil en medio del salón.

–¡Nos han robado! –exclamó en inglés.

Tardé unos momentos en comprender y abarcar con la mirada la habitación desordenada. Incluso entonces me pareció algo teatral el modo en que habían abierto los cajones, como para causar una impresión en quienes los encontraran. O tal vez solo era porque conocía muy bien a mi hermano. Más tarde, cuando mis padres volvieron y los vecinos empezaron a pasar por casa para decir *ndo*, chasquear los dedos y alzar los hombros, subí a mi habitación y allí sentada comprendí a qué se debían las náuseas que sentía: lo había hecho Nnamabia, lo sabía. Mi padre también lo supo. Señaló que habían desprendido las lamas de las persianas desde dentro y no por fuera (Nnamabia era demasiado listo para cometer semejante desliz; tal vez habían sido las prisas por volver a la iglesia antes de que terminara la misa), y que el ladrón había sabido exactamente dónde estaban las joyas de mi madre: en el rincón izquierdo de su baúl metálico. Nnamabia miró fijamente a mi padre con expresión herida y dijo de manera teatral: «Sé que en el pasado os he causado a los dos mucho dolor, pero jamás abusaría de vuestra confianza de este modo». Habló en inglés, utilizando palabras innecesarias como «mucho dolor» y «abusar», como siempre que se defendía. Luego salió por la puerta trasera y no volvió aquella noche. Ni la siguiente. Ni la otra. Apareció por casa dos semanas después, demacrado, oliendo a cerveza y diciendo lloroso que lo sentía, que había empeñado las joyas a los comerciantes hausas de Enugu y que se había gastado todo el dinero.

—¿Cuánto te dieron por mi oro? —preguntó mi madre. Y cuando él le respondió, ella se llevó las manos a la cabeza y gritó—: ¡Oh! ¡Oh! *Chi m egbuo m!* ¡Mi Dios me ha matado!

Era como si creyera que lo mínimo que podía haber hecho él era conseguir un buen precio. Quise abofetearla. Mi padre pidió a Nnamabia que escribiera un informe: cómo había vendido las joyas, en qué se había gastado el dinero, con quién lo había gastado. Yo no creía que Nnamabia contara la verdad y tampoco creía que mi padre esperara que lo hiciera, pero a mi padre el profesor le gustaban los informes, ver las cosas por escrito y bien documentadas. Además, Nnamabia tenía diecisiete años y una barba bien cuidada. Estaba en ese intervalo entre el instituto y la universidad, y era demasiado mayor para encerrarlo en casa. ¿Qué más podría haber hecho mi padre? Cuando Nnamabia le entregó el informe, mi padre lo archivó en el cajón de acero inoxidable de su estudio donde guardaba nuestros papeles del colegio.

—Que fuera capaz de hacer tanto daño a su madre… —fue lo último que dijo entre dientes.

Pero Nnamabia no se había propuesto hacerle daño. Lo había hecho porque sus joyas eran lo único que había de valor en toda la casa: una colección de piezas de oro macizo reunida a lo largo de toda una vida. También porque lo hacían los hijos de otros profesores. Era la temporada de los robos en nuestro tranquilo campus de Nsukka. Los chicos que habían crecido viendo *Barrio Sésamo*, leyendo a Enid Blyton, desayunando cereales y yendo a la escuela primaria para los hijos del personal universitario con sandalias marrones bien lustradas, de pronto rajaban las mosquiteras de las ventanas de sus vecinos, sacaban las lamas de cristal y entraban para robar los televisores y los vídeos. Conocíamos a los ladrones. Con sus casas adosadas en calles arboladas separadas solo por setos bajos, el campus de Nsukka era un lugar demasiado pequeño para que no supiéramos quién nos había robado. Aun así, cuando sus padres coincidían en el centro de profesores, en la iglesia o en una reunión de la universidad, continuaban quejándose de los sinvergüenzas de la ciudad que entraban en el campus para robar.

Los chicos que robaban eran los populares. Por la noche conducían los coches de sus padres, con los asientos reclinados y los brazos extendidos para llegar al volante. Osita, el vecino que nos había robado el televisor apenas unas semanas antes del incidente de Nnamabia, era ágil y guapo a su estilo siniestro, y caminaba con la agilidad de un gato. Siempre iba con camisas perfectamente planchadas; yo solía verlo por encima del seto, y cerraba los ojos e imaginaba que se acercaba a mí para reclamarme como suya. Él nunca se fijaba en mí. Cuando nos robó, mis padres no fueron a la casa del profesor Ebube para pedirle que obligara a su hijo a devolvernos lo que nos había robado. Afirmaron públicamente que había sido un sinvergüenza de la ciudad. Pero ellos sabían que había sido Osita. Osita tenía dos años más que Nnamabia; la mayoría de los chicos que robaban eran un poco mayores que Nnamabia, y tal vez por esa razón él no robó en otra casa. Tal vez no se sintió lo bastante mayor o lo bastante preparado para dar un golpe más grande que las joyas de mi madre.

Nnamabia se parecía mucho a mi madre, con su tez color miel, los ojos grandes y una boca generosa perfectamente curvada. Cuando mi madre nos llevaba al mercado, los vendedores gritaban: «Eh, señora, ¿por qué malgastó su piel clara en el chico y dejó a la niña tan oscura? ¿Qué va a hacer un chico con tanta belleza?». Y mi madre se reía, como si asumiera una alegre y traviesa responsabilidad en la belleza de Nnamabia. Cuando a los once años él rompió el cristal de la ventana de su clase con una piedra, mi madre le dio dinero para reemplazarla y no se lo dijo a mi padre. Cuando en segundo perdió unos libros de la biblioteca, ella dijo a su tutora que nos los había robado el criado. Cuando en tercero salía temprano todos los días para ir a catecismo, y resultó que nunca había ido y que por tanto no podía hacer la primera comunión, ella dijo a los demás padres que tenía malaria el día señalado. Cuando Nnamabia cogió la llave del coche de mi padre y la incrustó en un trozo de jabón que mi padre encontró antes de que lo llevara a un cerrajero, ella dijo vagamente que solo estaba experimentando y que no lo había hecho con mala intención. Cuando robó las preguntas de un examen del despacho de mi padre y las vendió a sus alumnos, mi madre le gritó, pero luego le dijo a mi padre que, después de todo, tenía dieciséis años y deberían darle más dinero para sus gastos.

No sé si Nnamabia se arrepintió de haber robado las joyas. Yo no siempre sabía ver en su rostro risueño y gentil lo que realmente sentía. Y nunca hablamos de ello. Aunque las hermanas de mi madre le enviaron sus pendientes de oro, y ella compró un juego de pendientes y colgante a la señora Mozie, la mujer glamurosa que importaba oro de Italia, y empezó a ir en coche a su casa una vez a la semana para pagarlo a plazos, nunca hablamos, después de ese día, del robo de las joyas. Era como si el hecho de fingir que no había sido él le diera la oportunidad de volver a empezar. Podríamos no haber mencionado nunca más el robo si no hubieran detenido a Nnamabia tres años después, en tercero de carrera, y lo hubieran encerrado en la comisaría.

Era la temporada de los cultos en nuestro tranquilo campus de Nsukka. Era la época en que por toda la universidad había carteles en los que se leía en negrita: «DI NO A LOS CULTOS». Los Hacha Negra, los Bucaneros y los Piratas eran los más conocidos. Puede que en el pasado hubieran sido hermandades benévolas, pero habían evolucionado hasta convertirse en los llamados «cultos»: chicos de dieciocho años que habían llegado a dominar el contoneo de los videoclips de rap norteamericano hacían extrañas iniciaciones secretas que a veces dejaban un par de muertos en Odim Hill. Las pistolas, las lealtades divididas y las hachas se habían vuelto comunes. Las guerras entre cultos se habían vuelto comunes: un chico sonreía con lascivia a una chica que resultaba ser la novia del capo de los Hacha Negra, y cuando ese chico iba más tarde a un quiosco para comprar cigarrillos, lo apuñalaban en el muslo y resultaba ser un bucanero, de modo que sus asociados iban a una cervecería y pegaban un tiro al primer hacha negra que veían, y al día siguiente encontraban en el refectorio al bucanero muerto de un tiro, desplomado sobre los platos metálicos de sopa, y esa noche mataban a hachazos a un hacha negra en la habitación de su residencia, salpicando de sangre el reproductor de cedés. No tenía sentido. De anormal había pasado rápidamente a ser normal. Las chicas se quedaban en sus habitaciones después de clase y los profesores temblaban, y cuando una mosca zumbaba demasiado fuerte, todo el mundo se asustaba. De modo que llamaron a la policía. Cruzaron a toda velocidad el campus en sus destartalados Peugeot 505 azules y sus pistolas oxidadas asomando por las ventanillas, y miraron ceñudos a los alumnos. Nnamabia volvió a casa de sus clases riéndose. Le parecía que la policía iba a tener que hacerlo mejor; todo el mundo sabía que los chicos de los cultos tenían armas más modernas.

Mis padres vieron reír a Nnamabia con callada preocupación y supe que ellos también se preguntaban si formaba parte de algún culto. A veces yo creía que sí. Los miembros de los cultos eran muy populares y Nnamabia también lo era. Los chicos lo llamaban a gritos por su apodo, «¡El Funk!», y cada vez que pasaban por su lado le estrechaban la mano, y las chicas, sobre todo las populares Big Chicks, lo abrazaban demasiado rato cuando lo saludaban. Iba a todas las fiestas, a las tranquilas del campus y a las desmadradas de la ciudad, y era la clase de mujeriego que era a la vez muy hombre, de los que se fumaban un paquete de Rothman al día y tenían fama de pulirse un paquete de cervezas Star de una sentada. Otras veces me parecía que no pertenecía a ningún culto, porque gozaba de tanta popularidad que iba más con su carácter ser amigo de todos y enemigo de ninguno. Además, no estaba muy segura de si mi hermano tenía lo que fuera que hacía falta, las agallas o la inseguridad, para unirse a un culto. La única vez que se lo pregunté me miró sorprendido con sus largas y espesas pestañas, como si yo hubiera debido saberlo, antes de responder: «Por supuesto que no». Le creí. Mi padre también lo creyó. Pero poco importaba que lo creyéramos o no porque ya lo habían detenido y acusado de pertenecer a un culto. Me dijo esas palabras («Por supuesto que no») la primera vez que fui a verlo a la comisaría donde lo habían encerrado.

Así fue como ocurrió. Un lunes lluvioso, cuatro miembros de un culto se apostaron en la puerta del campus y atacaron a una profesora que conducía un Mercedes rojo. Le pusieron una pistola en la sien, la obligaron a bajar del coche y fueron con ella hasta la facultad de Ingeniería, donde dispararon a tres chicos que salían de clase. Era mediodía. Yo estaba en un aula cercana y, cuando oímos los estallidos, nuestro profesor fue el primero en salir corriendo. Se oyeron fuertes gritos y de pronto las escaleras se llenaron de estudiantes que se empujaban unos a otros, sin saber muy bien en qué dirección correr. Fuera en el césped había tres cuerpos sin vida. El Mercedes rojo había huido derrapando. Muchos de los alumnos recogieron con prisas sus cosas y los conductores de *okada* les cobraron el doble del importe habitual para llevarlos al aparcamiento. El vicerrector anunció que todas las clases de la tarde estaban suspendidas y ordenó que nadie saliera de su casa después de las nueve de la noche. Eso no tenía mucho sentido para mí, ya que el tiroteo había ocurrido a plena luz del día, y tampoco debió de tenerlo para Nnamabia, porque el primer día del toque de queda no estuvo en casa a las nueve ni volvió en toda la noche. Supuse que se había quedado a dormir en casa de algún amigo; después de todo, no volvía siempre a casa. A la mañana siguiente, un guarda de seguridad llamó a mis padres para decirles que habían detenido a Nnamabia con varios miembros de cultos en un bar y que se los habían llevado en un furgón celular. Mi madre gritó: «*Ekwuzikwana!* ¡No diga eso!». Mi padre le dio las gracias con calma. Fuimos en coche a la comisaría del centro de la ciudad. Allí un agente que mordisqueaba la tapa sucia de un bolígrafo dijo: «¿Se refiere a los chicos de los cultos que detuvieron anoche? Los han llevado a Enugu. Un caso muy serio. ¡Hemos de detener estos cultos de una vez por todas!».

Mientras volvíamos a subir al coche nos invadió un nuevo terror. Nsukka, nuestro cerrado y tranquilo campus, y la aún más cerrada y tranquila ciudad, eran manejables; mi padre conocería al jefe de policía. Pero Enugu era un lugar anónimo, la capital del Estado con la División Mecanizada del Ejército Nigeriano, la jefatura de policía y guardias de tráfico en los cruces más concurridos. Allí la policía haría lo que tenía fama de hacer cuando se sentía presionada para dar resultados: matar gente.

La comisaría de Enugu se encontraba en un recinto tapiado de edificios desperdigados; había varios coches estropeados y polvorientos amontonados junto a la verja, cerca del letrero en el que se leía: «OFICINA DEL INSPECTOR DE POLICÍA». Mi padre condujo el coche hacia el bungalow rectangular del otro extremo del recinto. Mi madre sobornó a los dos guardias de la recepción con dinero y arroz *jollof* con carne, todo dentro de una bolsa impermeable negra, y ellos dejaron salir a Nnamabia de la celda y sentarse con nosotros en un banco bajo un árbol paraguas. Ninguno le preguntamos por qué había salido esa noche si sabía que habían impuesto el toque de queda. Ninguno comentamos que la policía se había comportado de un modo irracional al entrar en un bar y detener a todos los chicos que había en él, así como al camarero. En lugar de ello escuchamos a Nnamabia. Sentado a horcajadas en el banco de madera, con la fiambrera de arroz con pollo ante él y los ojos brillantes de expectación, parecía un artista a punto de actuar.

—Si gobernáramos Nigeria como esta celda, no tendríamos problemas en este país. Todo está perfectamente organizado. En nuestra celda hay un jefe llamado general Abacha y su segundo en el mando. En cuanto entras tienes que darles algo de dinero. Si no, estás en un apuro.

—¿Y tú tenías dinero? —preguntó mi madre.

Nnamabia sonrió, aún más atractivo con una nueva picadura de insecto parecida a un grano en la frente, y explicó en igbo que poco después de que lo detuvieran en el bar se había metido dinero por el ano. Sabía que la policía se lo quedaría si no lo escondía y que iba a necesitarlo para asegurarse la tranquilidad en la celda.

Dio un mordisco a un muslo de pollo y se pasó al inglés.

—El general Abacha se quedó impresionado con el modo en que había escondido el dinero. Me había hecho agradable a sus ojos. Lo elogié todo el tiempo. Cuando los hombres nos pidieron a todos los recién llegados que nos cogiéramos las orejas y saltáramos como sapos mientras ellos cantaban, me dejó ir después de diez minutos. A los demás los tuvo saltando casi media hora.

Mi madre se abrazó como si tuviera frío. Mi padre guardó silencio mientras observaba a Nnamabia con atención. Y yo visualicé a mi «agradable» hermano enrollando billetes de cien nairas en forma de cigarrillo y deslizándose una mano por detrás de los pantalones para metérselos dolorosamente.

Más tarde, mientras regresábamos en coche a Nsukka, mi padre dijo:

—Esto es lo que debería haber hecho cuando robó en casa. Encerrarlo en una celda.

Mi madre miró por la ventanilla en silencio.

—¿Por qué? —pregunté yo.

—Porque por una vez algo lo ha sacudido. ¿No lo has notado? —preguntó mi padre con una pequeña sonrisa.

Yo no lo había notado. No ese día. Nnamabia me pareció el mismo, aun metiéndose el dinero por el ano y demás.


El primer shock que se llevó Nnamabia fue ver llorar al bucanero. Era un chico alto y duro del que se rumoreaba que era autor de una de las masacres y estaba bajo consideración para convertirse en el futuro Capone el siguiente semestre, y sin embargo estaba allí encorvado llorando después de que el jefe le hubiera dado un cogotazo. Nnamabia me lo contó cuando fuimos a verlo al día siguiente, con una voz cargada de indignación y decepción; era como si de pronto le hubieran enseñado que el Increíble Hulk solo era pintura verde. El segundo shock, unos días después, fue la celda uno, la contigua a la suya. Dos celadores habían sacado de ella un cadáver hinchado y se habían detenido al lado de la celda de Nnamabia para asegurarse de que todos lo veían bien.

Hasta el jefe de su celda parecía temerla. Cuando a Nnamabia y a sus compañeros de celda, los que podían permitirse comprar agua en cubos de plástico que habían contenido pintura, los dejaban salir al patio abierto para lavarse, los celadores los observaban y a menudo gritaban: «¡Basta o te vas ahora mismo a la celda uno!». Nnamabia tenía pesadillas sobre ella. No podía imaginarse un lugar peor que su propia celda, que a menudo estaba tan abarrotada que tenía que apretarse contra la pared resquebrajada. Dentro de las grietas vivían pequeños *kwalikwata* cuyas picaduras eran terribles, y cuando gritaba sus compañeros de celda lo llamaban Chico de Plátano y Leche, Chico Universitario o Niño Bonito Yeye.

Esos bichos eran demasiado pequeños para hacer tanto daño. La picadura era peor por las noches, cuando todos tenían que dormir de lado, con la cabeza en los pies, excepto el jefe que apoyaba toda la espalda cómodamente en el suelo. Era el jefe quien repartía los platos de *garri* y sopa aguada que dejaban todos los días en la celda. Cada uno comía dos cucharadas. Nnamabia nos lo contó la primera semana. Mientras hablaba me pregunté si los bichos de la pared también le habían picado en la cara o los granos que le cubrían toda la frente eran de alguna infección. Algunos estaban coronados de pus color crema. Se los rascó mientras decía:

—Hoy he tenido que cagar de pie dentro de una bolsa impermeable. El retrete estaba demasiado lleno. Solo tiran de la cadena los sábados.

Adoptaba un tono histriónico. Yo quería pedirle que se callara, porque lo veía disfrutar con su nuevo papel de víctima de indignidades, y porque no se daba cuenta de lo afortunado que era de que la policía lo dejara salir de la celda y comer la comida que le llevábamos, lo estúpido que había sido trasnochando ese día, las pocas posibilidades que tenía de que lo soltaran.

La primera semana fuimos a verlo todos los días. Íbamos en el viejo Volvo de mi padre porque el Peugeot 504 de mi madre, aún más viejo, era poco fiable para salir de Nsukka. Yo notaba el cambio que se producía en mis padres en cuanto dejábamos atrás los controles policiales de la carretera; de forma muy sutil, pero cambiaban. Tan pronto como nos hacían una señal para que continuáramos, mi padre dejaba de embarcarse en monólogos sobre lo analfabeta y corrupta que era la policía. No sacaba a colación el día que nos habían hecho esperar una hora porque se había negado a sobornarlos, ni cómo habían detenido un autobús en el que viajaba mi bonita prima Ogechi, y la habían señalado a ella en particular y llamado puta por tener dos móviles, y le habían pedido tanto dinero que ella se había arrodillado bajo la lluvia y les había suplicado que la soltaran puesto que ya habían dejado ir su autobús. Mi madre ya no murmuraba: «Son síntomas de una enfermedad más amplia». En lugar de ello, mis padres guardaban silencio. Era como si el hecho de dejar de criticar a la policía hiciera más inminente la puesta en libertad de Nnamabia.

«Delicado» era la palabra que había utilizado el jefe de policía de Nsukka. Sacar pronto a Nnamabia iba a ser delicado, sobre todo cuando el inspector de policía de Enugu estaba concediendo entrevistas satisfechas y jactanciosas por la televisión sobre los miembros de los cultos detenidos. El problema de los cultos era serio. Los peces gordos de Abuja seguían los acontecimientos. Todo el mundo quería dar la impresión de estar haciendo algo.

La semana siguiente pedí a mis padres que no fuéramos a ver a Nnamabia. No sabíamos cuánto tiempo tendríamos que seguir haciéndolo, la gasolina era demasiado cara para conducir tres horas diarias, y no pasaba nada si Nnamabia cuidaba de sí mismo un día.

Mi padre me miró sorprendido.

—¿Qué quieres decir?

Mi madre me miró de arriba abajo, se dirigió a la puerta y dijo que nadie me había pedido que fuera; era muy libre de quedarme allí sentada mientras mi hermano inocente sufría. Se acercó al coche y yo corrí tras ella, y cuando la alcancé no supe qué hacer, de modo que cogí una piedra que había cerca de la ixora y la tiré al parabrisas del Volvo. El cristal se resquebrajó. Oí el ruido y vi las pequeñas líneas que se extendían como rayos por el cristal antes de darme la vuelta, subir corriendo las escaleras y encerrarme en mi habitación para protegerme de la cólera de mi madre. La oí gritar. Oí la voz de mi padre. Al final hubo silencio y no oí el coche ponerse en marcha. Ese día nadie fue a ver a Nnamabia. Me sorprendió esa pequeña victoria.

Lo visitamos al día siguiente. No dijimos nada del parabrisas, aunque las grietas se habían extendido como ondas en un arroyo helado. El guardia de la recepción, el tipo agradable de tez oscura, nos preguntó por qué no habíamos ido el día anterior; había echado de menos el arroz *jollof* de mi madre. Yo esperaba que Nnamabia también nos lo preguntara, incluso que estuviera enfadado, pero se mostró extrañamente serio, con una expresión que nunca le había visto. No se terminó el arroz. No paraba de desviar la mirada hacia el montón de coches medio quemados que había en el fondo del recinto, los restos de accidentes.

—¿Qué pasa? —preguntó mi madre, y Nnamabia empezó a hablar casi de inmediato, como si hubiera estado esperando a que se lo preguntáramos.

Su igbo sonó monótono, sin inflexiones. El día anterior habían metido en su celda a un anciano, un hombre de unos setenta y cinco años con el pelo blanco, la piel cubierta de finas arrugas y el anticuado refinamiento de un funcionario jubilado incorruptible. Buscaban a su hijo por robo y al no encontrarlo la policía había decidido encerrarlo a él.

—El hombre no había hecho nada —dijo Nnamabia.

—Tú tampoco —replicó mi madre.

Nnamabia sacudió la cabeza como si ella no lo entendiera. Los días que siguieron se mostró más apagado. Habló menos y sobre todo del anciano; que no tenía dinero y no podía comprarse agua para lavarse, que los demás hombres se reían de él y lo acusaban de esconder a su hijo, que el jefe le hacía el vacío, y lo asustado y pequeño que parecía.

—¿Sabe dónde está su hijo? —preguntó mi madre.

—Hace cuatro meses que no lo ve.

Mi padre dijo algo sobre lo irrelevante que era que el hombre supiera o no dónde estaba su hijo.

—Está mal, por supuesto —repuso mi madre—, pero es lo que hace la policía continuamente. Si no encuentra a la persona que está buscando encierra a su madre o a otro pariente.

Mi padre se quitó una pelusa de la rodilla en un gesto impaciente. No entendía por qué mi madre decía lo obvio.

—Ese hombre está enfermo —dijo Nnamabia—. Le tiemblan las manos incluso mientras duerme.

Mis padres guardaron silencio. Nnamabia cerró la fiambrera de arroz y se la devolvió a mi padre.

—Quiero darle esto, pero si lo llevo a la celda se lo comerá el general Abacha.

Mi padre se acercó al guardia de la recepción y preguntó si podíamos ver cinco minutos al anciano de la celda de Nnamabia. Era el tipo mordaz de tez clara que nunca daba las gracias cuando mi madre lo sobornaba con arroz y dinero. Esta vez se burló en la cara de mi padre y dijo que podía perder el empleo por dejar salir a Nnamabia, ¿y encima le pedíamos que dejara salir a otra persona? ¿Acaso pensábamos que era el día de visitas de un internado o qué? ¿No sabíamos que estábamos en un lugar de detención de alta seguridad para elementos criminales de la sociedad? Mi padre regresó y se sentó con un suspiro, y Nnamabia se rascó la cara llena de granos en silencio.

Al día siguiente Nnamabia apenas probó el arroz. Dijo que los celadores habían arrojado agua con detergente al suelo y las paredes de la celda, como siempre hacían, a modo de limpieza, y que el anciano, que nunca había tenido acceso al agua y no se había bañado en toda una semana, había entrado corriendo en la celda, se había arrancado la camisa y se había frotado su frágil espalda contra el suelo mojado. Al verlo, los celadores se habían echado a reír y le habían pedido que se quitara toda la ropa y desfilara por el pasillo, y mientras lo hacía se habían reído aún más fuerte, preguntándole si su hijo el ladrón sabía que el pene de papá estaba tan encogido. Nnamabia se quedó mirando fijamente el arroz naranja amarillento mientras hablaba, y cuando levantó la mirada, vi sus ojos llorosos —mi hermano el mundano— y sentí una ternura hacia él que no habría sabido explicar.

Dos días después, hubo otro ataque de miembros de cultos en el campus: un chico había atacado a otro con un hacha frente al departamento de música.

—Eso está bien —dijo mi madre mientras mi padre y ella se preparaban para ir a hablar con el jefe de policía de Nsukka—. Ya no podrán decir que han detenido a todos los chicos de los cultos.

Ese día no fuimos a Enugu porque mis padres estuvieron demasiado tiempo en la comisaría, pero volvieron con buenas noticias. Iban a poner inmediatamente en libertad a Nnamabia y al camarero. Uno de los chicos de los cultos se había vuelto informador y había insistido en que Nnamabia no era miembro. Salimos un poco más temprano que de costumbre, sin arroz *jollof* y con todas las ventanillas bajadas a causa del calor que ya empezaba a hacer. Mi madre estuvo nerviosa todo el trayecto. Siempre decía a mi padre «*Nekwa ya!* ¡Cuidado!», como si él no viera las peligrosas curvas que tomaban los coches del otro carril, pero en esa ocasión lo repitió tantas veces que poco antes de que llegáramos a Ninth Mile, donde los vendedores callejeros rodeaban los coches con bandejas de *okpa*, huevos duros y anacardos, mi padre detuvo el Volvo y preguntó: «¿Quién está conduciendo, Uzoamaka?».

En el interior del extenso recinto de la comisaría, dos guardias latigaban a alguien tumbado en el suelo bajo un árbol paraguas. Me dio un vuelco al corazón al pensar que era Nnamabia, pero me equivoqué. Conocía al chico que se retorcía gritando con cada restallido del *koboko*. Se llamaba Aboy, tenía la cara fea y seria de un perro de caza, daba vueltas por el campus en un Lexus y se decía que era bucanero. Procuré no mirarlo mientras entrábamos en la comisaría. El guardia que estaba de servicio, el de las marcas tribales en las mejillas que siempre decía «Que Dios los bendiga» cuando se

dejaba sobornar, volvió la cabeza al vernos. Me salió un sar-
pullido por todo el cuerpo. Entonces supe que pasaba algo.
Mis padres le entregaron la carta del jefe de policía, pero el
guardia ni la miró. Estaba al corriente de la orden de puesta
en libertad, dijo a mi padre. Ya habían soltado al camarero,
pero había habido complicaciones con el chico.

—¿El chico? —empezó a gritar mi madre—. ¿Qué quiere decir? ¿Dónde está mi hijo?

El guardia se levantó.

—Llamaré a mi superior para que se lo explique.

Mi madre corrió tras él y lo agarró de la camisa.

—¿Dónde está mi hijo? ¿Dónde está mi hijo?

Mi padre la soltó y el guardia se sacudió la camisa como si
se la hubiera manchado antes de dar media vuelta y alejarse.

—¿Dónde está nuestro hijo? —preguntó mi padre en voz tan
baja y metálica que el guardia se detuvo.

—Se lo han llevado, señor.

—¿Se lo han llevado? —repitió mi madre. Seguía gritando—.
¿Qué está diciendo? ¿Han matado a mi hijo? ¿Lo han matado?

—¿Dónde está? —volvió a preguntar mi padre con un hilo
de voz—. ¿Dónde está nuestro hijo?

—Tengo órdenes de mi superior de avisarle cuando vengan
—respondió el guardia, y esta vez se volvió y cruzó apresuradamente una puerta.

Fue después de que se marchara cuando me quedé helada
de miedo y quise correr tras él y agarrarlo de la camisa como
mi madre hasta ver a Nnamabia. El superior de policía salió,
y escudriñé su inexpresivo rostro.

—Buenos días, señor —dijo.

—¿Dónde está nuestro hijo? —preguntó mi padre.

Mi madre respiraba ruidosamente. En aquel momento, caería más tarde en la cuenta, todos nos temimos que unos guardias rápidos con el gatillo hubieran matado a Nnamabia y que
el deber de ese hombre fuese ofrecernos la mejor mentira de
cómo había muerto.

—No hay ningún problema, señor. Solo lo han trasladado. Enseguida le llevaremos allí.

Había cierto nerviosismo en él; seguía teniendo una cara inexpresiva, pero no miró a mi padre a los ojos.

—¿Trasladado?

—Cuando, esta mañana, ha llegado la orden de puesta en libertad ya lo habíamos trasladado. Como andamos escasos de gasolina, esperábamos a que llegaran ustedes para ir todos juntos a donde está.

—¿Y dónde está?

—En otro centro. Les llevaré allí.

—¿Por qué lo han trasladado?

—Yo no estaba aquí, señor. Parece ser que ayer se comportó mal y lo llevaron a la celda uno, y luego trasladaron a todos los presos de la celda uno a otro centro.

—¿Se comportó mal? ¿Qué quiere decir?

—Yo no estaba aquí, señor.

—¡Lléveme con mi hijo! —exigió mi padre con voz quebrada—. ¡Lléveme ahora mismo con mi hijo!

Yo me senté en el asiento trasero con el guardia, que desprendía la clase de rancio olor a alcanfor que se resistía a desaparecer del baúl de mi madre. No habló salvo para dar indicaciones a mi padre y llegamos unos quince minutos después, mi padre conduciendo a una velocidad inusitadamente rápida, tan deprisa como los latidos de mi corazón. El pequeño recinto parecía abandonado, lleno de maleza y botellas viejas, bolsas de plástico y papeles esparcidos por todas partes. El guardia apenas esperó a que mi padre detuviera el coche para abrir la portezuela y bajar apresuradamente, y de nuevo se apoderó de mí el miedo. Nos encontrábamos en esa parte de la ciudad donde las calles estaban sin asfaltar y no habíamos visto ningún letrero que indicara que era una comisaría, y en el aire se percibía una calma, una extraña sensación de abandono. Pero el guardia salió con Nnamabia. Allí estaba mi atractivo hermano caminando hacia nosotros, aparentemente igual que siempre, hasta que estuvo lo bastante cerca para que mi madre lo abrazara, y lo vi hacer una mueca y apartarse; tenía el brazo cubierto de verdugones de aspecto blando y sangre seca alrededor de la nariz.

—Nna-chico, ¿por qué te han pegado? —preguntó mi madre. Se volvió hacia el guardia—. ¿Por qué le han hecho esto a mi hijo?

El hombre se encogió de hombros con una nueva insolencia en el gesto; era como si no hubiera estado seguro de que Nnamabia estaba bien, pero una vez que lo sabía ya podía hablar.

—Ustedes, que tan importantes se creen porque trabajan en la universidad, no saben educar a sus hijos. Cuando se portan mal, creen que no hay que castigarlos. Ha tenido mucha suerte de que lo hayan soltado, señora.

—Vámonos —dijo mi padre.

Abrió la portezuela y Nnamabia se subió al coche, y volvimos todos a casa. Mi padre no se detuvo en ninguno de los controles de la carretera; en uno un guardia nos hizo un gesto amenazador con la pistola cuando pasamos a toda velocidad. Durante el silencioso trayecto mi madre solo preguntó a Nnamabia si quería que paráramos en Ninth Mile para comprar *okpa*. Él respondió que no. Cuando llegamos a Nsukka habló por fin.

—Ayer los celadores preguntaron al anciano si quería un cubo de agua gratis. Él respondió que sí. Le dijeron que se quitara la ropa y se paseara desnudo por el pasillo. Mis compañeros de celda se rieron pero algunos dijeron que no estaba bien tratar así a un anciano. —Nnamabia hizo una pausa con la mirada perdida—. Yo grité al celador. Le dije que el anciano era inocente y estaba enfermo, y que por mucho que lo tuvieran allí nunca encontrarían a su hijo, porque él ni siquiera sabía dónde estaba su hijo. Me dijeron que me callara o me llevarían a la celda uno. Me traía sin cuidado y no callé. De modo que me sacaron de allí y me dieron una paliza, y me llevaron a la celda uno.

Se interrumpió ahí y no le preguntamos nada más. En lugar de ello lo imaginé alzando la voz y llamando al celador imbécil, cobarde sin agallas, cabrón sádico, e imaginé el estupor de los celadores, la sorpresa del jefe de la celda que miraba boquiabierto, y de los demás compañeros, perplejos ante la audacia de ese universitario atractivo. E imaginé al mismo anciano observándolo con sorprendido orgullo mientras se negaba a desvestirse. Nnamabia no explicó lo que había ocurrido en la celda uno, ni lo que había ocurrido en el nuevo centro, que parecía uno de esos lugares donde encerraban a la gente que luego desaparecía. Habría sido muy fácil para mi encantador hermano embarcarse en una elegante narración dramática de lo sucedido, pero no lo hizo.

# DE IMITACIÓN

Nkem está mirando los ojos saltones y sesgados de la máscara de Benín que hay en la repisa de la chimenea del salón mientras se entera de que su marido tiene una amiga.

—No es tan joven. Tendrá unos veintiún años —está diciendo su amiga Ijemamaka por teléfono—. Lleva el pelo corto y rizado, ya sabes, con esos pequeños rizos apretados. No utiliza alisador. Más bien texturizador, creo. He oído decir que hoy día las jóvenes prefieren los texturizadores. No te lo diría, *sha* (conozco a los hombres y sus costumbres), si no fuera porque he oído decir que se ha instalado en tu casa. Esto es lo que pasa cuando te casas con un hombre rico. —Ijemamaka hace una pausa y Nkem la oye tomar aire, un sonido exagerado, deliberado—. Quiero decir que Obiora es un buen hombre, por supuesto, pero ¿llevarse a casa a su amiga? No hay respeto. Y ella conduce sus coches por todo Lagos, yo misma la he visto al volante del Mazda por Awolowo Road.

—Gracias por decírmelo —dice Nkem.

Se imagina la boca de Ijemamaka, fruncida como una naranja que se sorbe, una boca hastiada de hablar.

—Tenía que decírtelo. ¿Para que están las amigas? ¿Qué otra cosa podía hacer? —insiste Ijemamaka, y Nkem se pregunta si es alegría ese tono agudo, esa inflexión en «hacer».

Los siguientes quince minutos Ijemamaka le habla de su viaje a Nigeria, cómo han subido los precios desde la última vez que estuvo, hasta el *garri* es caro ahora. Hay muchos más niños vendiendo en los atascos, y la erosión se ha comido trozos enteros de la carretera principal que conduce a su ciudad natal en Delta State. Nkem chasquea la lengua y suspira ruidosamente en los momentos adecuados. No le recuerda que ella también estuvo en Nigeria hace unos meses, por Navidad. No le dice que siente los dedos entumecidos, que preferiría que no hubiera llamado. Por último, antes de colgar, promete llevar a sus hijos a la casa de Ijemamaka de Nueva Jersey uno de estos fines de semana; una promesa que sabe que no cumplirá.

Entra en la cocina, se sirve un vaso de agua y lo deja en la mesa sin tocar. De nuevo en el salón, se queda mirando la máscara de Benín de color cobre, sus rasgos abstractos demasiado grandes. Sus vecinos la llaman «noble»; por ella la pareja que vive dos casas más abajo ha empezado a coleccionar arte africano, y ellos también se han conformado con buenas imitaciones, aunque disfrutan hablando de lo imposible que es conseguir originales.

Nkem imagina a los habitantes de Benín tallando las máscaras originales hace cuatrocientos años. Obiora le explicó que las utilizaban en las ceremonias reales, las colocaban a ambos lados de su rey para protegerlo y ahuyentar el mal. Solo podían ser guardianes de la máscara individuos escogidos a propósito, los mismos que se ocupaban de procurar las cabezas humanas frescas que se utilizaban en el entierro de su rey. Nkem se imagina a los orgullosos jóvenes, con sus miembros musculosos y bronceados brillantes de aceite de almendra de palma, y sus elegantes taparrabos anudados a la cintura. Se imagina, y lo hace por iniciativa propia porque Obiora nunca sugirió que fuera de ese modo, a los orgullosos jóvenes deseando no tener que decapitar a desconocidos para enterrar a su rey, deseando utilizar las máscaras para protegerse a sí mismos también, deseando tener algo que decir.


Estaba embarazada la primera vez que fue a Estados Unidos con Obiora. La casa que él alquiló, y que más tarde compraría, olía a fresco, como el té verde, y el pequeño camino de entrada estaba cubierto de grava. Vivimos en un barrio encantador de las afueras de Filadelfia, explicó por teléfono a sus amigas de Lagos. Les envió fotos de Obiora y de ella cerca de la Liberty Bell, en las que había garabateado detrás, orgullosa, «muy importante en la historia de Estados Unidos», junto con folletos satinados en los que se veía un Benjamin Franklin medio calvo.

Sus vecinas de Cherrywood Lane, todas blancas, delgadas y rubias, acudieron a presentarse y le preguntaron si necesitaba ayuda para lo que fuera: conseguir un permiso de conducir, un teléfono, un encargado del mantenimiento. A ella no le importó que su acento o su condición de extranjera le hicieran parecer una inútil. Le gustaron ellas y sus vidas. Vidas que Obiora a menudo llamaba de «plástico». Aun así, ella sabía que él también quería que sus hijos fueran como los de sus vecinos, la clase de niños que desdeñaban la comida que se caía al suelo diciendo que se había «estropeado». En su otra vida recogías la comida, fuera lo que fuese, y te la comías.

Obiora se quedó los primeros meses, de modo que los vecinos no empezaron a preguntar por él hasta más tarde. ¿Dónde está tu marido? ¿Ha pasado algo? Nkem respondía que todo iba bien. Él vivía entre Nigeria y Estados Unidos; tenían dos casas. Ella veía en sus ojos las dudas, sabía que pensaban en otras parejas con segundas residencias en lugares como Florida o Montreal, parejas que habitaban las dos casas al mismo tiempo.

Obiora se rió cuando ella le comentó lo intrigados que estaban los vecinos. Dijo que la gente *oyibo* era así. Si hacías algo de una manera diferente te tomaban por raro, como si su forma de actuar fuera la única posible. Aunque Nkem conocía a muchas parejas nigerianas que vivían juntas todo el año, no dijo nada.


Nkem desliza una mano por el metal redondeado de la nariz de la máscara de Benín. Una de las mejores imitaciones, había dicho Obiora cuando la había comprado, hacía unos años. Explicó que los británicos habían robado las máscaras originales a finales del siglo XIX en lo que llamaron la Expedición de Castigo, y que nadie sabía utilizar palabras como «expedición» y «pacificación» para referirse a matanzas y robos como los británicos. Las máscaras (miles de ellas, dijo) fueron consideradas «botín de guerra» y hoy día podían verse en los museos de todo el mundo.

Nkem coge la máscara y aprieta la cara contra ella; la nota fría, pesada, sin vida. Aun así, cuando Obiora habla de ella y de todas las demás, logra que parezca que están calientes y que respiran. El año pasado, cuando trajo la escultura de terracota nok que está en la mesa del vestíbulo, le explicó que los antiguos nok habían utilizado las originales para adorar a sus antepasados, colocándolas en tronos y ofreciéndoles comida. Y los británicos también se habían llevado la mayoría en carretas, diciendo a la gente (recién cristianizada y estúpidamente cegada, dijo) que eran paganas. Nunca apreciamos lo que tenemos, siempre terminaba diciendo, antes de repetir la historia del estúpido jefe de Estado que había ido al Museo Nacional de Lagos y había obligado al director que le diera un busto de cuatrocientos años de antigüedad que luego regaló a la reina británica. A veces Nkem duda de los hechos que le explica Obiora, pero le escucha, por la pasión que pone al hablar y por el brillo de sus ojos, que parecen al borde del llanto.

Se pregunta qué traerá la semana que viene; ha empezado a esperar con ilusión esas obras de arte, imaginando las originales, las vidas que hay detrás de ellas. La semana que viene, cuando sus hijos vuelvan a llamar «papá» a un ser de carne y hueso, y no a una voz que suena por teléfono; cuando ella se despierte por la noche y lo oiga roncar a su lado; cuando vea otra toalla usada en el cuarto de baño.

Mira el reloj del decodificador por cable. Falta una hora para ir a recoger a los niños. A través de las cortinas que ha abierto cuidadosamente la criada, Amaechi, el sol derrama un rectángulo de luz amarilla sobre la mesa de centro de cristal. Está sentada en el borde del sofá de cuero y recorre con la mirada el salón, recordando al repartidor de Ethan Interiors que le cambió la pantalla de una lámpara el otro día. «Tiene una gran casa, señora», dijo con esa curiosa sonrisa norteamericana que significaba que creía que él también podría tener algún día algo así. Es una de las cosas que ha llegado a amar de Estados Unidos, la abundancia de esperanza irrazonable.

Al ir a Estados Unidos para dar a luz, se había emocionado, llena de orgullo por haberse emparentado con la codiciada liga de los Nigerianos Ricos que Mandan a sus Esposas a Estados Unidos para Tener a sus Hijos. Luego pusieron en venta la casa que alquilaban. A un buen precio, dijo Obiora antes de comentarle que iban a comprarla. A ella le gustó ese plural, como si ella tuviera realmente algo que decir. Y le gustó formar parte de esa otra liga, la de los Nigerianos Ricos Propietarios de Casas en Estados Unidos.

Nunca tomaron la decisión de que ella se quedara allí con los niños; Okay nació tres años después que Adanna. Sencillamente ocurrió. Al nacer Adanna, ella se quedó para hacer unos cursos de informática, porque a Obiora le pareció una buena idea. Luego Obiora apuntó a Adanna en una guardería, cuando Nkem se quedó embarazada de Okay. Luego encontró un buen colegio de enseñanza primaria y dijo que tenían suerte de que estuviera tan cerca. A solo quince minutos en coche. Ella nunca imaginó que sus hijos irían al colegio allí y se sentarían entre niños blancos cuyos padres tenían grandes mansiones en colinas solitarias; nunca imaginó esa vida, de modo que no dijo nada.

Los primeros dos años Obiora iba a verla casi todos los meses, y ella y los niños volvían por Navidad. Cuando él por fin consiguió firmar el importante contrato con el gobierno, decidió que solo iría a verlos en verano. Dos meses al año. Ya no podía viajar tan a menudo porque no quería arriesgarse a perder los contratos con el gobierno. Estos siguieron llegando. Apareció en la lista de los Cincuenta Empresarios Nigerianos más Influyentes y le envió a Nkem las páginas fotocopiadas del *Newswatch*, que ella guardó en una carpeta.

Nkem suspira mientras se pasa una mano por el pelo. Se lo nota demasiado grueso, demasiado viejo. Pensaba ir mañana a la peluquería y hacerse un moldeado con las puntas levantadas, como a Obiora le gusta. Y el viernes tiene hora para depilarse el vello púbico en una línea fina, como a él le gusta. Sale al pasillo y sube las amplias escaleras, luego las baja y entra en la cocina. Solía pasearse así por la casa de Lagos cada día de las tres semanas que pasaba con los niños en Navidad. Olía el armario de Obiora y pasaba una mano por sus frascos de colonia, apartando de su mente las sospechas. Una Nochebuena sonó el teléfono y cuando ella contestó, colgaron. Obiora se rió y comentó: «Algún bromista». Y Nkem se dijo que probablemente era un bromista o alguien que realmente se había equivocado de número.


Nkem sube las escaleras y entra en el cuarto de baño, y huele el fuerte Lysol con que Amaechi acaba de limpiar los azulejos. Se examina en el espejo; tiene el ojo derecho más pequeño que el izquierdo. «Ojos de sirena», los llama Obiora. Para él las sirenas, no los ángeles, son las criaturas más hermosas. Su cara siempre ha dado que hablar —su forma totalmente ovalada, la perfección de su piel oscura—, pero cuando Obiora la llamaba ojos de sirena le hacía sentir nuevamente hermosa, como si el cumplido le diera otro par de ojos.

Coge las tijeras que utiliza para cortar pulcramente los lazos de Adanna. Se estira los mechones y los corta casi a ras del cuero cabelludo, dejándolos del largo de una uña, lo justo para rizarlos con un texturizador. Observa cómo cae el pelo como algodón marrón hasta posarse sobre el lavabo blanco. Sigue cortando. Los mechones descienden flotando como alas chamuscadas de polillas. Continúa. Cae más pelo. A veces le entra en los ojos y le escuecen. Estornuda. Huele la crema suavizante Pink Oil que se ha aplicado por la mañana y piensa en la nigeriana que conoció en una boda de Delaware, Ifeyinwa o Ifeoma, no recuerda su nombre, cuyo marido también vivía en Nigeria y que llevaba el pelo corto pero natural, no utilizaba alisador ni texturizador.

La mujer se había quejado, hablando de «nuestros hombres» con gran confianza, como si el marido de Nkem y el suyo tuvieran algo que ver. «A nuestros hombres les gusta tenernos aquí –había dicho–. Vienen por negocios y de vacaciones, y nos dejan con hijos, casas y coches, nos buscan criadas nigerianas para no tener que pagar los escandalosos sueldos de aquí, y dicen que los negocios van mejor en Nigeria y demás. Pero ¿sabes por qué no se mudarían aquí aunque fueran mejor los negocios? Porque Estados Unidos no los reconoce como peces gordos. En Estados Unidos nadie los llama "¡Señor! ¡Señor!". Nadie corre a quitar el polvo de su silla antes de que se sienten.»

Nkem había preguntado a la mujer si tenía pensado regresar, y la mujer se volvió con los ojos muy abiertos, como si Nkem acabara de traicionarla. «Pero ¿cómo voy a vivir de nuevo en Nigeria? –dijo–. Cuando llevas demasiado tiempo aquí, dejas de ser la misma, ya no eres como la gente de allí. ¿Cómo van a integrarse mis hijos?» Y por mucho que le habían desagradado las cejas severamente depiladas de la mujer, Nkem había comprendido.

Deja las tijeras y llama a Amaechi para que recoja el pelo cortado.

—¡Señora! —grita la criada—. *Chim o!* ¿Por qué se ha cortado el pelo? ¿Qué ha pasado?

—¿Ha de pasar algo para que me corte el pelo? ¡Recógelo!

Nkem entra en su dormitorio. Se queda mirando la colcha de cachemira. Ni siquiera las hábiles manos de Amaechi consiguen ocultar el hecho de que un lado de la cama solo se utiliza dos meses al año. La correspondencia de Obiora está en un pulcro montón en su mesilla de noche: preautorizaciones de crédito, propaganda de LensCrafters. La gente que importa sabe que en realidad vive en Nigeria.

Nkem sale y se queda junto a la puerta del cuarto de baño mientras Amaechi barre, recogiendo con reverencia los mechones con una pala como si tuvieran poder. Nkem se arrepiente de haberle replicado. Con los años, la línea entre señora y criada se ha ido borrando. Es lo que Estados Unidos logra de ti, piensa. Te impone el igualitarismo. Como no tienes a nadie con quien hablar, aparte de tus hijos pequeños, recurres a la criada. Y antes de que te des cuenta es tu amiga. Tu igual.

—He tenido un día difícil —dice al cabo de un rato—. Lo siento.

—Lo sé, señora. Lo veo en su cara. —Amaechi sonríe.


Suena el teléfono y Nkem sabe que es Obiora. Solo él llama tan tarde.

—Cariño, *kedu*? Lo siento, pero no he podido telefonearte antes. Acabo de volver de Abuja, de la reunión con el ministro. Han retrasado mi vuelo hasta medianoche. Aquí son casi las dos de la madrugada. ¿Puedes creerlo?

Nkem hace un ruidito compasivo.

—Adanna y Okay, *kwanu*? —pregunta él.

—Muy bien. Duermen.

—¿Estás bien? —pregunta él—. Te noto rara.

—Estoy bien.

Ella sabe que debería hablarle de lo que han hecho los niños, suele hacerlo cuando él llama demasiado tarde para hablar con ellos. Pero se nota la lengua hinchada, le pesa demasiado para pronunciar las palabras.

—¿Qué día hace allí? —pregunta él.

—Están subiendo las temperaturas.

—Será mejor que lo hagan antes de que yo llegue —dice él, y se ríe—. Hoy he reservado mi vuelo. Estoy impaciente por veros.

—¿Has…? —empieza a decir ella, pero él la interrumpe.

—Tengo que dejarte, cariño. Me están llamando. ¡Es el secretario del ministro, que me llama a estas horas! Te quiero.

—Te quiero —responde ella, aunque ya se ha cortado la comunicación.

Intenta visualizar a Obiora, pero ya no está segura de si se encuentra en casa, en su coche o en otra parte. Luego se pregunta si está solo o con la chica del pelo corto. Visualiza el dormitorio de Nigeria, el que Obiora y ella comparten, que cuando va por Navidad todavía le parece una habitación de hotel. ¿Se abraza a la almohada esa chica mientras duerme? ¿Sus gemidos hacen vibrar el espejo del tocador? ¿Entra de puntillas en el cuarto de baño como hacía ella de soltera cuando su novio casado la llevaba a su casa un fin de semana que su esposa estaba fuera?

Antes de conocer a Obiora salía con hombres casados. ¿Qué chica de Lagos no lo ha hecho? Ikenna, un empresario, había pagado las facturas del hospital de su padre después de la operación de hernia. Tunja, un general retirado, había arreglado el tejado de la casa de sus padres y les había comprado los primeros sofás de verdad que habían tenido nunca. Ella se habría planteado convertirse en su cuarta esposa (era musulmán y podría haberle propuesto matrimonio) a cambio de que financiara la educación de su hermana pequeña. Después de todo ella era la *ada* y, más que frustrarla, le avergonzaba no poder hacer nada de lo que se esperaba de la primogénita, que sus padres siguieran luchando en la granja agostada y que sus hermanas siguieran vendiendo pan en el aparcamiento. Pero Tunja nunca se lo propuso. Después de él hubo otros hombres que alabaron su piel de bebé y de vez en cuando le daban una cantidad, pero que no le propusieron matrimonio porque había ido a una escuela de secretariado en lugar de a la universidad. Porque a pesar de la perfección de sus facciones, seguía confundiendo los tiempos verbales en inglés; porque, en esencia, seguía siendo una chica de campo.

Conoció a Obiora un día lluvioso que él entró en la agencia de publicidad, y ella le sonrió desde la recepción y dijo: «Buenos días. ¿Puedo ayudarle en algo, señor?». Y él respondió: «Sí, haga que deje de llover, por favor». Ojos de sirena, la había llamado ese primer día. A diferencia de los demás hombres, no le pidió que fuera con él a una pensión, sino que la invitó a cenar a un restaurante Lagoon bien público y animado donde todo el mundo podría haberlos visto. Le preguntó por su familia. Pidió vino, que a ella le supo amargo, y dijo «Acabará gustándote», y ella se obligó a disfrutar inmediatamente de él. Nkem no se parecía en nada a las esposas de los amigos de él, la clase de mujeres que iban al extranjero y coincidían en Harrods haciendo compras, y ella esperaba conteniendo la respiración a que Obiora se diera cuenta y la dejara. Pero pasaron los meses y él se ocupó de que sus hermanas fueran al colegio, la presentó a sus amigos del club náutico y la sacó de su estudio de Ojota para instalarla en un piso con balcón de Ikeja. Cuando le preguntó si quería casarse con él, ella pensó en lo innecesaria que era la pregunta ya que le habría bastado con que se lo dijera.

Nkem siente ahora un feroz instinto posesivo al imaginarse a la chica en los brazos de Obiora. Cuelga, dice a Amaechi que volverá enseguida y va en coche hasta Walkgreens para comprarse un bote de texturizador. De nuevo en el coche, enciende los faros y se queda mirando la foto de las mujeres de pelo ensortijado del bote.


Nkem observa cómo Amechi corta patatas, cómo las finas pieles caen formando una translúcida espiral marrón.

—Ten cuidado. Estás apurando demasiado –dice.

—Mi madre me frotaba los dedos con las peladuras de ñame si me llevaba demasiado ñame con el cuchillo. Me escocía durante días –responde Amaechi con una risita.

Está cortando las patatas en cuartos. En su país habría utilizado ñames para el potaje de *ji akwukwo*, pero en las tiendas africanas de aquí casi nunca hay ñames; ñames africanos de verdad, y no las patatas fibrosas que venden como ñames en los supermercados norteamericanos. Ñames de imitación, piensa Nkem, y sonríe. Nunca ha dicho a Amaechi lo parecida que fue su niñez. Puede que su madre no le frotara los dedos con peladuras de ñame, pero entonces apenas había ñames. Comían platos improvisados. Recuerda que su madre recogía hojas de plantas que nadie más comía y hacía sopa con ellas, insistiendo en que eran comestibles. Para Nkem siempre sabían a orina, porque veía a los chicos del barrio orinar en los tallos de esas plantas.

—¿Quiere que ponga espinacas u *onugbu* seco, señora? —pregunta Amaechi, como siempre que Nkem se sienta con ella mientras cocina—. ¿Utilizo las cebollas rojas o las blancas? ¿El caldo de carne de vaca o de pollo?

—Lo que tú quieras —responde Nkem.

No le pasa por alto la mirada que le lanza Amaechi. Normalmente responde algo concreto. De pronto se pregunta por qué continúan la farsa, a quién quieren engañar; las dos saben que Amaechi sabe mucho más de cocina que ella.

Nkem la observa lavar las espinacas en el fregadero, el vigor de sus hombros, la solidez de sus amplias caderas. Recuerda la niña cohibida e ilusionada de dieciséis años que Obiora trajo a Estados Unidos y que durante meses miró fascinada el lavaplatos. Obiora había contratado a su padre como chófer y le había comprado una moto, y los padres le habían hecho avergonzar, arrodillándose en el suelo y aferrándole las piernas para darle las gracias.

Amaechi está escurriendo las hojas de espinaca cuando Nkem dice:

—Tu *oga* Obiora tiene una amiga que se ha instalado en la casa de Lagos.

Amaechi deja caer el colador en el fregadero.

—¿Señora?

—Me has oído bien —dice Nkem.

Amaechi y ella hablan del personaje de los Rugrats que mejor imitan los niños, de que el arroz Uncle Ben es mejor que el basmati para hacer *jollof*, de que los niños norteamericanos se dirigen a los mayores como si fueran sus iguales.

Nunca han hablado de Obiora, salvo para decidir qué comerá o cómo lavarán sus camisas cuando está de visita.

—¿Cómo lo sabe, señora? —pregunta Amaechi por fin, volviéndose hacia ella.

—Me ha llamado mi amiga Ijemamaka para decírmelo. Acaba de regresar de Nigeria.

Amaechi mira a Nkem directamente a los ojos, como si la desafiara a retirar las palabras.

—Pero… ¿está segura?

—Estoy segura de que ella no mentiría sobre algo así —responde Nkem, apoyándose en la silla.

Se siente ridícula. Pensar que está anunciando que la amiga de su marido se ha instalado en su casa. Tal vez debería cuestionarlo; debería recordar lo envidiosa que es Ijemamaka y que siempre tiene alguna noticia demoledora que dar. Pero nada de todo eso importa porque sabe que es verdad: hay una desconocida en su casa. Y no le parece apropiado describir como su casa la casa de Lagos, en el barrio de Victoria Garden City, donde las mansiones se alzan detrás de las altas verjas. Su casa es esta, la casa marrón de las afueras de Filadelfia, con riego automático que en verano forma perfectos arcos de agua.

—Cuando *oga* Obiora venga la semana próxima, señora, hablará de ello con él —dice Amaechi con aire resignado, echando un chorro de aceite vegetal en la cazuela—. Él pedirá a esa joven que se vaya. No está bien que se instale en su casa.

—¿Y después qué?

—Usted lo perdonará, señora. Los hombres son así.

Nkem observa a Amaechi, la firmeza con que sus pies, enfundados en zapatillas azules, pisan planos el suelo.

—¿Y si te dijera que tiene una amiga? No que se ha mudado con él, sino que solo tiene una amiga.

—No lo sé, señora. —Amaechi le rehuye la mirada. Echa la cebolla troceada al aceite chisporroteante y se aparta.

—Crees que tu *oga* Obiora siempre ha tenido amigas, ¿verdad?

Amaechi revuelve las cebollas. Nkem ve cómo le tiemblan las manos.

—Ese no es mi sitio, señora.

—No te lo habría dicho si no quisiera hablar de ello contigo, Amaechi.

—Pero, señora, usted también lo sabe.

—¿Lo sé? ¿Qué sé?

—Sabe que *oga* Obiora tiene amigas. No pregunta, pero en el fondo lo sabe.

Nkem nota en la oreja izquierda un hormigueo desagradable. ¿Qué significa realmente saberlo? ¿Es eso saberlo… negarse a pensar en otras mujeres en concreto? ¿Negarse a considerar siquiera la posibilidad?

—*Oga* Obiora es un buen hombre, señora, y la quiere, no la utiliza para jugar al fútbol. —Amaechi aparta la cazuela del fuego y mira a Nkem con fijeza. Su voz se vuelve más suave, casi melosa—. Muchas mujeres la envidian, y tal vez su amiga Ijemamaka también lo hace. Tal vez no es una amiga de verdad. Hay ciertas cosas que no deberían decirse. Hay cosas que es mejor no saber.

Nkem se pasa una mano por su pelo corto y rizado, pringoso del texturizador y perfilador de rizos que se ha aplicado poco antes. Se levanta para lavarse la mano. Quiere darle la razón a Amaechi, hay cosas que es mejor no saber, pero ya no está tan segura. Tal vez no es mala cosa que Ijemamaka me lo haya dicho, piensa. Ya no importa por qué la ha llamado.

—Echa una mirada a las patatas —dice.


Más tarde esa noche, después de acostar a los niños, se dirige al teléfono de la cocina y marca el número de catorce dígitos. Casi nunca llama a Nigeria. Obiora es el que llama, porque su móvil Worldnet tiene una tarifa mejor para el extranjero.

—¿Diga? Buenas noches.

Es una voz masculina. Inculta. Igbo con acento rural.

—Soy la señora de Estados Unidos.

—¡Ah, señora! —La voz cambia, se anima—. Buenas noches, señora.

—¿Con quién hablo?

—Con Uchenna, señora. Soy el nuevo criado.

—¿Desde cuándo?

—Desde hace dos semanas, señora.

—¿Está allí *oga* Obiora?

—No, señora. No ha vuelto de Abuja.

—¿Hay alguien más?

—¿Cómo dice, señora?

—¿Hay alguien más en la casa?

—Sylvester y Maria, señora.

Nkem suspira. Sabe que el mayordomo y la cocinera están allí, es medianoche en Nigeria. Pero ¿ha titubeado ese nuevo criado que Obiora ha olvidado mencionar? ¿Está en la casa la chica de pelo rizado? ¿O ha acompañado a Obiora en su viaje de negocios a Abuja?

—¿Hay alguien más? —pregunta de nuevo.

Una pausa.

—¿Señora?

—¿Hay alguien más en la casa aparte de Sylvester y Maria?

—No, señora.

—¿Estás seguro?

Una pausa más larga.

—Sí, señora.

Nkem cuelga rápidamente. En esto me he convertido, piensa. Estoy espiando a mi marido con un criado que no conozco.

—¿Quiere una copita? —ofrece Amaechi, observándola, y Nkem se pregunta si es compasión el brillo líquido que ve en sus ojos.

Esa copita se ha convertido en una tradición entre ellas desde hace ya varios años, desde el día en que Nkem consiguió su tarjeta de residencia. Ese día, después de acostar a los niños, descorchó una botella de champán y sirvió una copa para Amaechi y otra para ella. «¡Por Estados Unidos!», exclamó entre carcajadas demasiado estrepitosas de Amaechi. Ya no tendría que pedir visados para volver a entrar en Estados Unidos ni tendría que soportar preguntas condescendientes en la Embajada estadounidense. Gracias a la tarjeta plastificada con foto en la que se le veía enfurruñada. Porque por fin pertenecía de verdad a ese país, un país de curiosidades y crudezas, un país donde podías moverte en coche por la noche sin miedo a que te atracaran a mano armada y donde los restaurantes servían a una persona comida para tres.

Pero echa de menos su casa, sus amigos, la cadencia del igbo y del yoruba, hasta el inglés chapurreado que se habla allí. Y cuando la nieve cubre la boca de riego amarilla de la calzada, echa de menos el sol de Lagos que brilla incluso cuando llueve. Ha pensado a veces en volver, pero nunca en serio o de un modo concreto. Dos días a la semana va a pilates con su vecina; hace galletas para las clases de sus hijos, y las suyas siempre son las mejores; cuenta con acceder en coche a los bancos. Estados Unidos ha empezado a gustarle, ha echado sus raíces allí.

—Sí —responde—. Trae el vino que hay en la nevera y dos copas.


Nkem no se ha depilado el vello púbico; no hay una fina línea entre sus piernas cuando va a recoger a Obiora al aeropuerto. En el espejo retrovisor ve a Okey y a Adanna con los cinturones puestos. Hoy están callados, como si notaran la reserva de su madre, la sonrisa que no hay en su cara. Ella solía reír mucho al ir a recoger a Obiora al aeropuerto, lo abrazaba, veía a los niños abrazarlo. El primer día comían fuera, en el Chili's o en algún otro restaurante donde Obiora veía cómo sus hijos coloreaban las cartas del menú. Obiora les daba sus regalos cuando llegaban a casa y los niños se quedaban levantados hasta tarde jugando con los nuevos juguetes. Y antes de irse a la cama, ella se ponía el nuevo perfume embriagador que él le había comprado y uno de los camisones de encaje que solo llevaba dos meses al año.

Él siempre se maravillaba de lo que eran capaces de hacer los niños, lo que les gustaba y lo que no les gustaba, aunque ella ya se lo había contado todo por teléfono. Cuando Okey corría hacia él con una *boo-boo*, él la besaba, luego se reía de la extraña costumbre norteamericana de besar las heridas. ¿Curaba realmente la saliva?, preguntaba. Cuando algún amigo iba a verlos o telefoneaba, pedía a los niños que saludaran al tío, pero antes tomaba el pelo al amigo diciendo: «Espero que entiendas el gran-gran inglés que hablan; ahora son *americanah*».

En el aeropuerto, los niños abrazan a Obiora con el mismo abandono de siempre, gritando: «¡Papá!».

Nkem los observa. Pronto dejarán de sentirse atraídos por los juguetes y los viajes de verano, y empezarán a cuestionar a un padre al que ven muy pocas veces al año.

Después de besarla en los labios, Obiora retrocede para mirarla. Él no ha cambiado: un hombre corriente, bajo, de tez clara, vestido con una americana de sport cara y una camisa morada.

—¿Cómo estás, cariño? —pregunta—. Te has cortado el pelo.

Nkem se encoge de hombros y sonríe de un modo que da a entender: Haz caso a los niños primero. Adanna está tirando a Obiora de la mano, preguntándole qué les ha traído y si puede abrir su maleta en el coche.


Después de comer, Nkem se sienta en la cama y examina la cabeza de bronce de Ife que Obiora le ha dicho que es en realidad de latón. Es de tamaño natural, con turbante. Es el primer original que ha traído.

—Tendremos que tener mucho cuidado con esta.

—Un original —dice ella sorprendida, recorriendo con una mano las incisiones paralelas de la cara.

—Algunas se remontan al siglo once. —Obiora se sienta a su lado y se quita los zapatos. Su voz suena aguda, emocionada—. Pero esta es del siglo dieciocho. Asombrosa. Vale lo que cuesta, ya lo creo.

—¿Para que servía?

—Para decorar el palacio del rey. La mayoría están hechas para honrar o rememorar a los reyes. ¿No es perfecta?

—Sí. Estoy segura de que también hicieron atrocidades con ella.

—¿Qué?

—Como las que hacían con las máscaras de Benín. Me dijiste que mataban para llevar cabezas humanas al entierro del rey.

Obiora la mira fijamente.

Ella golpea la cabeza de bronce con una uña.

—¿Crees que esa gente era feliz? —pregunta.

—¿Qué gente?

—La gente que tenía que matar por su rey. Estoy segura de que les habría gustado cambiar las costumbres. No es posible que fueran felices.

Obiora ladea la cabeza mientras la observa.

—Bueno, puede que hace nueve siglos la definición de «feliz» no fuera la misma que ahora.

Ella deja la cabeza de bronce; quiere preguntarle qué significa para él «feliz».

—¿Por qué te has cortado el pelo? —pregunta Obiora.

—¿No te gusta?

—Me encantaba tu pelo largo.

—¿No te gusta el pelo corto?

—¿Por qué te lo has cortado? ¿Es lo último en Estados Unidos? —Se ríe mientras se quita la camisa para ir a la ducha.

Tiene la tripa diferente. Más redonda y madura. Se pregunta cómo pueden soportar las chicas de veinte años ese claro indicio de autoindulgencia de la mediana edad. Trata de recordar a los hombres casados con los que ella salió. ¿Tenían una tripa como la de Obiora? No se acuerda. De pronto no consigue recordar nada, no recuerda adónde ha ido a parar su vida.

—Pensé que te gustaría.

—Todo te sienta bien con tu bonita cara, cariño, pero me gustaba más el pelo largo. Deberías dejártelo crecer. El pelo largo es más elegante para la mujer de un pez gordo.

Hace una mueca al decirlo y se ríe.

Está desnudo; se estira y ella observa cómo sube y baja su barriga. Los primeros años ella se duchaba con él, se arrodillaba y lo tomaba en la boca, excitada por él y por el vaho que los envolvía. Pero las cosas han cambiado. Ella se ha ablandado como la tripa de él, se ha vuelto acomodaticia, conformista. Lo ve entrar en el cuarto de baño.

—¿Se puede apretujar todo un año de matrimonio en dos meses de verano y tres semanas en diciembre? —pregunta—. ¿Se puede comprimir el matrimonio?

Obiora tira de la cadena, abre la puerta.

—¿Qué?

—*Rapuba*. Nada.

—Dúchate conmigo.

Ella enciende el televisor y finge que no lo ha oído. Se pregunta si la chica de pelo corto rizado se ducha con él. Por más que lo intenta, no logra visualizar la ducha de la casa de Lagos. Un montón de dorado, pero podría ser el cuarto de baño de un hotel.

—¿Cariño? Dúchate conmigo —insiste Obiora, asomándose por la puerta del cuarto de baño.

Hace un par de años que no se lo pide. Ella empieza a desnudarse.


En la ducha, mientras le enjabona la espalda, dice:

—Hemos de buscar un colegio para Adanna y Okey en Lagos.

No pensaba decírselo, pero parece lo mejor, es lo que siempre ha querido decir.

Obiora se vuelve hacia ella.

—¿Cómo dices?

—Nos mudaremos en cuanto se acabe el curso escolar. Volvemos a Lagos.

Habla despacio, para convencerlo a él pero también a sí misma.

Obiora continúa mirándola, y ella sabe que nunca la ha oído hablar así, nunca la ha visto adoptar una postura firme. Se pregunta vagamente si eso es lo que la atrajo de ella, que lo respetara, que le dejara hablar por los dos.

—Siempre podríamos pasar las vacaciones aquí, juntos —dice. Subraya el «juntos».

—¿Cómo…? ¿Por qué? —pregunta Obiora.

—Quiero saber cuándo hay un nuevo criado en mi casa. Y los niños te necesitan.

—Si eso es lo que quieres… —responde Obiora por fin—. Ya hablaremos.

Ella le da la vuelta con suavidad y sigue enjabonándole la espalda. No hay más que hablar y Nkem lo sabe; está decidido.

## UNA EXPERIENCIA PRIVADA

Chika entra primero por la ventana de la tienda de comestibles y sostiene el postigo para que la mujer la siga. La tienda parece haber sido abandonada mucho antes de que empezaran los disturbios; las estanterías de madera están cubiertas de polvo amarillo, al igual que los contenedores metálicos amontonados en una esquina. Es una tienda pequeña, más pequeña que el vestidor que tiene Chika en su país. La mujer entra y el postigo chirría cuando Chika lo suelta. Le tiemblan las manos y le arden las pantorrillas después de correr desde el mercado tambaleándose sobre sus sandalias de tacón. Quiere dar las gracias a la mujer por haberse detenido al pasar por su lado para decirle «¡No corras hacia allí!», y haberla conducido hasta esta tienda vacía en la que esconderse. Pero antes de que pueda darle las gracias, la mujer se lleva una mano al cuello.

—He perdido collar mientras corro.

—Yo he soltado todo —dice Chika—. Acababa de comprar unas naranjas y las he soltado junto con el bolso.

No añade que el bolso era un Burberry original que le compró su madre en un viaje reciente a Londres.

La mujer suspira y Chika imagina que está pensando en su collar, probablemente unas cuentas de plástico ensartadas en una cuerda. Aunque no tuviera un fuerte acento hausa, sabría que es del norte por el rostro estrecho y la curiosa curva de sus pómulos, y que es musulmana por el pañuelo. Ahora le cuelga del cuello, pero poco antes debía de llevarlo alrededor de la cara, tapándole las orejas. Un pañuelo largo y fino de color rosa

48

y negro, con el vistoso atractivo de lo barato. Se pregunta si la mujer también la está examinando a ella, si sabe por su tez clara y el anillo rosario de plata que su madre insiste en que lleve que es igbo y cristiana. Más tarde se enterará de que, mientras las dos hablan, hay musulmanes hausas matando a cristianos igbos a machetazos y pedradas. Pero en este momento dice:

—Gracias por llamarme. Todo ha ocurrido muy deprisa y la gente ha echado a correr, y de pronto me he visto sola, sin saber qué hacer. Gracias.

—Este lugar seguro —dice la mujer en voz tan baja que suena como un suspiro—. No van a todas las tiendas pequeñas-pequeñas, solo a las grandes-grandes y al mercado.

—Sí —dice Chika.

Pero no tiene motivos para estar de acuerdo o en desacuerdo, porque no sabe nada de disturbios; lo más cerca que ha estado de uno fue hace unas semanas en una manifestación de la universidad a favor de la democracia en la que había sostenido una rama verde y se había unido a los cantos de «¡Fuera el ejército! ¡Fuera Abacha! ¡Queremos democracia!». Además, nunca habría participado si su hermana Nnedi no hubiera estado entre los organizadores que habían ido de residencia en residencia repartiendo panfletos y hablando a los estudiantes de la importancia de «hacernos oír».

Le siguen temblando las manos. Hace justo una hora estaba con Nnedi en el mercado. Se ha parado a comprar naranjas y Nnedi ha seguido andando hasta el puesto de cacahuetes, y de pronto se han oído gritos en inglés, en el idioma criollo, en hausa y en igbo: «¡Disturbios! ¡Han matado a un hombre!». Y a su alrededor todos se han puesto a correr, empujándose unos a otros, volcando carretas llenas de ñames y dejando atrás las verduras golpeadas por las que acababan de regatear. Ha olido a sudor y a miedo, y también se ha echado a correr por las calles anchas y luego por ese estrecho callejón que ha temido, mejor dicho, ha intuido, que era peligroso, hasta que ha visto a la mujer.

La mujer y ella se quedan un rato en silencio, mirando hacia la ventana por la que acaban de entrar, con el postigo chirriante que se balancea en el aire. Al principio la calle está silenciosa, luego se oyen unos pies corriendo. Las dos se apartan instintivamente de la ventana, aunque Chika alcanza a ver pasar a un hombre y una mujer, ella con una túnica hasta las rodillas y un crío a la espalda. El hombre hablaba rápidamente en igbo y todo lo que ha entendido Chika ha sido: «Puede que haya corrido a la casa del tío».

—Cierra ventana —dice la mujer.

Chika así lo hace, y sin el aire de la calle, el polvo que flota en la habitación es tan espeso que puede verlo por encima de ella. El ambiente está cargado y no huele como las calles de fuera, que apestan como el humo color cielo que flota alrededor en Navidad cuando la gente arroja las cabras muertas al fuego para quitar el pelo de la piel. Las calles por donde ha corrido ciegamente, sin saber hacia dónde ha ido Nnedi, sin saber si el hombre que corría a su lado era amigo o enemigo, sin saber si debía parar y recoger a alguno de los niños aturdidos que con las prisas se ha separado de su madre, sin saber quién era quién ni quién mataba a quién.

Más tarde verá los armazones de los coches incendiados, con huecos irregulares en lugar de ventanillas o parabrisas, e imaginará los coches en llamas desperdigados por toda la ciudad como hogueras, testigos silenciosos de tanta atrocidad. Averiguará que todo empezó en el aparcamiento cuando un hombre pisó con las ruedas de su furgoneta un ejemplar del Santo Corán que había a un lado de la carretera, un hombre que resultó ser un igbo cristiano. Los hombres de alrededor, que se pasaban el día jugando a las damas y que resultaron ser musulmanes, lo hicieron bajar de la furgoneta, le cortaron la cabeza de un machetazo y la llevaron al mercado pidiendo a los demás que los siguieran: ese infiel había profanado el Santo Libro. Chika imaginará la cabeza del hombre, la piel ceniza de la muerte, y tendrá arcadas y vomitará hasta que le duela la barriga. Pero ahora pregunta a la mujer:

—¿Todavía huele a humo?

—Sí. —La mujer se desabrocha la tela que lleva anudada a la cintura y la extiende en el suelo polvoriento. Debajo solo lleva una blusa y una combinación negra rasgada por las costuras—. Siéntate.

Chika mira la tela deshilachada extendida en el suelo; probablemente es una de las dos túnicas que tiene la mujer. Baja la vista hacia su falda tejana y su camiseta roja estampada con una foto de una Estatua de la Libertad, las dos compradas el verano que Nnedi y ella pasaron dos semanas en Nueva York con unos parientes.

—Se la ensuciaré —dice.

—Siéntate —repite la mujer—. Tenemos que esperar mucho rato.

—¿Sabe cuánto…?

—Hasta esta noche o mañana por la mañana.

Chika se lleva una mano a la frente como para comprobar si tiene fiebre. El roce de su palma fría suele calmarla, pero esta vez la nota húmeda y sudada.

—He dejado a mi hermana comprando cacahuetes. No sé dónde está.

—Irá a un lugar seguro.

—Nnedi.

—¿Eh?

—Mi hermana. Se llama Nnedi.

—Nnedi —repite la mujer, y su acento hausa envuelve el nombre igbo de una suavidad plumosa.

Más tarde Chika recorrerá los depósitos de cadáveres de los hospitales buscando a Nnedi; irá a las oficinas de los periódicos con la foto que les hicieron a las dos en una boda hace una semana, en la que ella sale con una sonrisa boba porque Nnedi le dio un pellizco justo antes de que dispararan, las dos con trajes bañera de Ankara. Pegará fotos en las paredes del mercado y en las tiendas cercanas. No encontrará a Nnedi. Nunca la encontrará. Pero ahora dice a la mujer:

—Nnedi y yo llegamos la semana pasada para ver a nuestra tía. Estamos de vacaciones.

—¿Dónde estudiáis?

—Estamos en la Universidad de Lagos. Yo estudio medicina, y Nnedi ciencias políticas.

Chika se pregunta si la mujer sabe lo que significa ir a la universidad. Y se pregunta también si ha mencionado la universidad solo para alimentarse de la realidad que ahora necesita: que Nnedi no se ha perdido en un disturbio, que está a salvo en alguna parte, probablemente riéndose con la boca abierta a su manera relajada o haciendo una de sus declaraciones políticas. Sobre cómo el gobierno del general Abacha utiliza la política exterior para legitimarse a los ojos de los demás países africanos. O que la enorme popularidad de las extensiones de pelo rubio era consecuencia directa del colonialismo británico.

—Solo llevamos una semana aquí con nuestra tía, ni siquiera hemos estado en Kano —dice Chika, y se da cuenta de lo que está pensando: su hermana y ella no deberían verse afectadas por los disturbios. Eso era algo sobre lo que leías en los periódicos. Algo que sucedía a otras personas.

—¿Tu tía está en mercado? —pregunta la mujer.

—No, está trabajando. Es la directora de la Secretaría.

Chika vuelve a llevarse una mano a la frente. Se agacha hasta sentarse en el suelo, mucho más cerca de la mujer de lo que se habría permitido en circunstancias normales, para apoyar todo el cuerpo en la tela. Le llega el olor de la mujer, algo intenso como la pastilla de jabón con que la criada lava las sábanas.

—Tu tía está en lugar seguro.

—Sí —dice Chika. La conversación parece surrealista; tiene la sensación de estar observándose a sí misma—. Sigo sin creer que estoy en medio de un disturbio.

La mujer mira al frente. Todo en ella es largo y esbelto, las piernas extendidas ante sí, los dedos de las manos con las uñas manchadas de henna, los pies.

—Es obra del diablo —dice por fin.

Chika se pregunta si eso es lo que piensan todas las mujeres de los disturbios, si eso es todo lo que ven: el diablo. Le gustaría que Nnedi estuviera allí con ella. Imagina el marrón chocolate de sus ojos al iluminarse, sus labios moviéndose deprisa al explicar que los disturbios no ocurren en un vacío, que lo religioso y lo étnico a menudo son politizados porque el gobernante está seguro si los gobernados hambrientos se matan entre sí. Luego siente una punzada de remordimientos y se pregunta si la mente de esa mujer es lo bastante grande para entenderlo.

—¿Ya estás viendo a enfermos en la universidad? —pregunta la mujer.

Chika desvía rápidamente la mirada para que no vea su sorpresa.

—¿En mis prácticas? Sí, empezamos el año pasado. Vemos a pacientes del hospital clínico.

No añade que a menudo le invaden las dudas, que se queda al final del grupo de seis o siete estudiantes, rehuyendo la mirada del profesor y rezando para que no le pida que examine un paciente y dé su diagnóstico diferencial.

—Yo soy comerciante —dice la mujer—. Vendo cebollas.

Chika busca en vano una nota de sarcasmo o reproche en su tono. La voz suena baja y firme, una mujer que dice a qué se dedica sin más.

—Espero que no destruyan los puestos del mercado —responde; no sabe qué más decir.

—Cada vez que hay disturbios destrozan el mercado.

Chika quiere preguntarle cuántos disturbios ha presenciado, pero se contiene. Ha leído sobre los demás en el pasado: fanáticos musulmanes hausas que atacan a cristianos igbos, y a veces cristianos igbos que emprenden misiones de venganza asesinas. No quiere que empiecen a dar nombres.

—Me arden los pezones como si fueran pimienta.

Antes de que Chika pueda tragar la burbuja de sorpresa que tiene en la garganta y responder algo, la mujer se levanta la blusa y se desabrocha el cierre delantero de un gastado sujetador negro. Saca los billetes de diez y veinte nairas que lleva doblados en el sujetador antes de liberar los pechos.

—Me arden como pimienta —repite, cogiéndoselos con las manos ahuecadas e inclinándose hacia Chika como si se los ofreciera.

Chika se aparta. Recuerda la ronda en la sala de pediatría de hace una semana: su profesor, el doctor Olunloyo, quería que todos los alumnos oyeran el soplo al corazón en cuarta fase de un niño que los observaba con curiosidad. El médico le pidió a Chika que empezara y ella se puso a sudar con la mente en blanco, sin saber muy bien dónde estaba el corazón. Al final puso una mano temblorosa en el lado izquierdo de la tetilla del niño, y al notar bajo los dedos el vibrante zumbido de la sangre yendo en la otra dirección, se disculpó tartamudeando ante el niño, aunque él le sonreía.

Los pezones de la mujer no son como los de ese niño. Son marrón oscuro, y están cuarteados y tirantes, con la areola de color más claro. Chika los examina con atención, los toca.

—¿Tiene un bebé? —pregunta.

—Sí. De un año.

—Tiene los pezones secos, pero no parecen infectados. Después de dar de mamar debe aplicarse una crema. Y cuando dé de mamar, asegúrese de que el pezón y también lo otro, la areola, encajan en la boca del niño.

La mujer mira a Chika largo rato.

—La primera vez de esto. Tengo cinco hijos.

—A mi madre le pasó lo mismo. Se le agrietaron los pezones con el sexto hijo y no sabía cuál era la causa, hasta que una amiga le dijo que tenía que hidratarlos —explica Chika.

Casi nunca miente, y las pocas veces que lo hace siempre es por alguna razón. Se pregunta qué sentido tiene mentir, la necesidad de recurrir a un pasado ficticio parecido al de la mujer; Nnedi y ella son las únicas hijas de su madre. Además, su madre siempre tuvo a su disposición al doctor Iggokwe, con su formación y su afectación británicas, con solo levantar el teléfono.

—¿Con qué se frota su madre el pezón? —pregunta la mujer.

—Manteca de coco. Las grietas se le cerraron enseguida.

—¿Eh? —La mujer observa a Chika más rato, como si esa revelación hubiera creado un vínculo—. Está bien, lo haré. —Juega un rato con su pañuelo antes de añadir—: Estoy buscando a mi hija. Vamos al mercado juntas esta mañana. Ella está vendiendo cacahuetes cerca de la parada de autobús, porque hay mucha gente. Luego empieza el disturbio y yo voy arriba y abajo buscándola.

—¿El bebé? —pregunta Chika, sabiendo lo estúpida que parece incluso mientras lo pregunta.

La mujer sacude la cabeza y en su mirada hay un destello de impaciencia, hasta de cólera.

—¿Tienes problema de oído? ¿No oyes lo que estoy diciendo?

—Lo siento.

—¡Bebé está en casa! Esta es mi hija mayor.

La mujer se echa a llorar. Llora en silencio, sacudiendo los hombros, no con la clase de sollozos fuertes de las mujeres que conoce, que parecen decir a gritos: «Sujétame y consuélame porque no puedo soportar esto yo sola». El llanto de esta mujer es privado, como si llevara a cabo un ritual necesario que no involucra a nadie más.

Más tarde Chika lamentará la decisión de haber dejado el barrio de su tía y haber ido al mercado con Nnedi en un taxi para ver un poco del casco antiguo de Kano; también lamentará que la hija de la mujer, Halima, no se haya quedado en casa esta mañana por pereza, cansancio o indisposición, en lugar de salir a vender cacahuetes.

La mujer se seca los ojos con un extremo de la blusa.

—Que Alá proteja a tu hermana y a Halima en un lugar seguro —dice.

Y como Chika no está segura de lo que contestan los musulmanes y no puede decir «Amén», se limita a asentir.

La mujer ha descubierto un grifo oxidado en una esquina de la tienda, cerca de los contenedores metálicos. Tal vez donde el dueño se lavaba las manos, dice, y explica a Chika que las tiendas de esa calle fueron abandonadas hace meses, después de que el gobierno ordenara su demolición por tratarse de estructuras ilegales. Abre el grifo y las dos observan sorprendidas cómo sale un pequeño chorro de agua. Marronosa y tan metálica que a Chika le llega el olor. Aun así, corre.

—Lavo y rezo —dice la mujer en voz más alta, y sonríe por primera vez, dejando ver unos dientes uniformes con los incisivos manchados.

En las mejillas le salen unos hoyuelos lo bastante profundos para tragarse la mitad de un dedo, algo insólito en una cara tan delgada. Se lava torpemente las manos y la cara en el grifo, luego se quita el pañuelo del cuello y lo pone en el suelo. Chika aparta la mirada. Sabe que la mujer está de rodillas en dirección a La Meca, pero no mira. Como las lágrimas, es una experiencia privada y le gustaría salir de la tienda. O poder rezar también y creer en un dios, una presencia omnisciente en el aire viciado de la tienda. No recuerda cuándo su idea de Dios no ha sido borrosa como el reflejo de un espejo empañado por el vaho, y no se recuerda intentando limpiar el espejo.

Toca el anillo rosario que todavía lleva en el dedo, a veces en el meñique y otras en el índice, para complacer a su madre. Nnedi se lo quitó, diciendo con su risa gangosa: «Los rosarios son como pociones mágicas. No las necesito, gracias».

Más tarde la familia ofrecerá una misa tras otra para que Nnedia aparezca sana y salva, nunca por el reposo de su alma. Y Chicka pensará en esa mujer, rezando con la cabeza vuelta hacia el suelo polvoriento, y cambiará de parecer antes de decir a su madre que está malgastando el dinero con esas misas que solo sirven para engrosar las arcas de la iglesia.

Cuando la mujer se levanta, Chika se siente extrañamente vigorizada. Han pasado más de tres horas e imagina que el disturbio se ha calmado, que los responsables ya están lejos.

Tiene que irse, tiene que volver a casa y asegurarse de que Nnedi y su tía están bien.

—Debo irme.

De nuevo la cara de impaciencia de la mujer.

—Todavía es peligroso salir.

—Creo que se han marchado. Ya no huelo el humo.

La mujer se sienta de nuevo sobre la tela sin decir nada. Chika la observa un rato, sintiéndose decepcionada sin saber por qué. Tal vez esperaba de ella una bendición.

—¿Está muy lejos tu casa? —pregunta.

—Lejos. Cojo dos autobuses.

—Entonces volveré con el chófer de mi tía para acompañarte —dice Chika.

La mujer desvía la mirada.

Chika se acerca despacio a la ventana y la abre. Espera oír gritar a la mujer que se detenga, que vuelva, que no hay prisa. Pero la mujer no dice nada y Chika nota su mirada clavada en la espalda mientras sale.


Las calles están silenciosas. Se ha puesto el sol y en la media luz crepuscular Chika mira alrededor, sin saber qué dirección tomar. Reza para que aparezca un taxi, ya sea por arte de magia, suerte o la mano de Dios. Luego reza para que Nnedi esté en ese taxi, preguntándole dónde demonios se ha metido y lo preocupados que han estado por ella. No ha llegado al final de la segunda calle en dirección al mercado cuando ve el cadáver. Apenas lo ve pero pasa tan cerca que le llega el calor. Acaban de quemarlo. El olor que desprende es repulsivo, a carne asada, no se parece a nada que haya olido antes.

Más tarde, cuando Chika y su tía recorran todo Kano con un policía en el asiento delantero del coche con aire acondicionado de su tía, verá otros cadáveres, muchos carbonizados, tendidos a lo largo de las calles como si alguien los hubiera arrastrado y colocado cuidadosamente allí. Mirará solo uno de los cadáveres, desnudo, rígido, boca abajo, y se dará cuenta de que solo viendo esa carne chamuscada no puede saber si el hombre parcialmente quemado es igbo o hausa, cristiano o musulmán. Escuchará por la radio la BBC y oirá las descripciones de las muertes y del disturbio («religioso con un trasfondo de tensiones étnicas», dirá la voz). Y la arrojará contra la pared y una feroz cólera la inundará ante cómo han empaquetado, saneado y comprimido todos esos cadáveres en unas pocas palabras. Pero ahora, el calor que desprende el cadáver carbonizado está tan cerca, tan presente, que se vuelve y regresa corriendo a la tienda. Siente un dolor agudo en la parte inferior de la pierna mientras corre. Llega a la tienda y golpea la ventana, y no para de golpearla hasta que la mujer abre.

Se sienta en el suelo y, a la luz cada vez más tenue, observa el hilo de sangre que le baja por la pierna. Los ojos le bailan inquietos en la cabeza. Esa sangre parece ajena a ella, como si alguien le hubiera embadurnado la pierna con puré de tomate.

—Tu pierna. Tienes sangre —dice la mujer con cierta cautela.

Moja un extremo de su pañuelo en el grifo y le lava el corte de la pierna, luego se lo enrolla alrededor y hace un nudo.

—Gracias —dice Chika.

—¿Necesitas ir al baño?

—¿Al baño? No.

—Los contenedores de allí los estamos utilizando como baños —explica la mujer.

La lleva al fondo de la tienda y en cuanto llega a la nariz de Chika el olor, mezclado con el del polvo y el agua metálica, siente náuseas. Cierra los ojos.

—Lo siento. Tengo el estómago revuelto. Por todo lo que está pasando hoy —se disculpa la mujer a sus espaldas.

Luego abre la ventana, deja el contenedor fuera y se lava las manos en el grifo. Cuando vuelve, Chika y ella se quedan sentadas una al lado de la otra en silencio; al cabo de un rato oyen el canto ronco a lo lejos, palabras que Chika no entiende. La tienda está casi totalmente oscura cuando la mujer se tiende en el suelo, con solo la parte superior del cuerpo sobre la tela.

Más tarde Chika leerá en *The Guardian* que «hay antecedentes de violencia por parte de los musulmanes reaccionarios hausaparlantes del norte contra los no musulmanes», y en medio de su dolor recordará que examinó los pezones y conoció la amabilidad de una musulmana hausa.

Chika apenas duerme en toda la noche. La ventana está cerrada, el ambiente cargado, y el polvo, grueso y granulado, se le mete por las fosas nasales. No logra dejar de ver el cadáver ennegrecido flotando en un halo junto a la ventana, señalándola acusador. Al final oye a la mujer levantarse y abrir la ventana, dejando entrar el azul apagado del amanecer. Se queda un rato allí de pie antes de salir. Chika oye las pisadas de la gente que pasa por la acera. Oye a la mujer llamar a alguien, y una voz que se alza al reconocerla seguida de una parrafada en hausa rápido que no entiende.

La mujer entra de nuevo en la tienda.

—Ha terminado el peligro. Es Abu. Está vendiendo provisiones. Va a ver su tienda. Por todas partes hay policía con gas lacrimógeno. El soldado viene para aquí. Me voy antes de que el soldado empiece a acosar a todo el mundo.

Chika se levanta despacio y se estira; le duelen las articulaciones. Caminará hasta la casa con verja de su tía porque no hay taxis por las calles, solo jeeps militares y coches patrulla destartalados. Encontrará a su tía yendo de una habitación a otra con un vaso de agua en la mano, murmurando en igbo una y otra vez: ¿Por qué os pedí a Nnedi y a ti que vinierais a verme? ¿Por qué me engañó de este modo mi *chi*? Y Chika agarrará a su tía con fuerza por los hombros y la llevará a un sofá.

De momento se desata el pañuelo de la pierna, lo sacude como para quitar las manchas de sangre y se lo devuelve a la mujer.

—Gracias.

—Lávate bien-bien la pierna. Saluda a tu hermana, saluda a los tuyos —dice la mujer, enrollándose la tela a la cintura.

—Saluda tú también a los tuyos. Saluda a tu bebé y a Halima.

Más tarde, cuando vuelva andando a la casa de su tía, cogerá una piedra manchada de sangre seca y la sostendrá contra el pecho como un macabro souvenir. Y ya entonces, con una extraña intuición, sabrá que nunca encontrará a Nnedi, que su hermana ha desaparecido. Pero en ese momento se vuelve hacia la mujer y añade:

—¿Puedo quedarme con su pañuelo? Está sangrando otra vez.

La mujer la mira un momento sin comprender; luego asiente. Tal vez se percibe en su rostro el principio del futuro dolor, pero esboza una sonrisa distraída antes de devolverle el pañuelo y darse la vuelta para salir por la ventana.

# FANTASMAS

Hoy he visto a Ikenna Okoro, un hombre al que creía muerto hacía tiempo. Tal vez debería haberme agachado para coger un puñado de arena del suelo y habérselo arrojado, como muchos hacen para asegurarse de que no es un fantasma. Pero he recibido una educación occidental, soy un catedrático de matemáticas jubilado de setenta y un años, y se supone que he sido armado de suficiente ciencia para reírme con indulgencia de las costumbres de mi gente. No le he arrojado arena. De todos modos, no habría podido hacerlo aunque hubiera querido, porque nos encontrábamos sobre el suelo de hormigón de la secretaría de la universidad.

He ido allí para preguntar una vez más por mi pensión.

–Buenos días, profesor –ha dicho el oficinista de aspecto reseco, Ugwuoke–. Lo siento, pero aún no ha llegado el dinero.

El otro oficinista, cuyo nombre he olvidado, me ha saludado con la cabeza y también se ha disculpado mientras masticaba un pedazo rosa de nuez de cola. Están acostumbrados a esto. Yo también estoy acostumbrado, como lo están los tipos andrajosos que se han reunido bajo el árbol de las llamas, hablando fuerte y gesticulando. El Ministerio de Educación ha robado el dinero de las pensiones, ha dicho uno. Otro ha replicado que es el rector quien ha ingresado el dinero en cuentas personales de interés alto. Han prorrumpido en maldiciones contra el rector. Que se le encoja el pene. Que sus hijos no tengan hijos. Que muera de diarrea. Cuando me he acercado a ellos, me han saludado y han sacudido la cabeza disculpándose por la situación, como si mi pensión de catedrático fuera más importante que las suyas de mensajero o chófer. Me llaman profesor, como casi todo el mundo, como los vendedores ambulantes que se sientan junto a sus bandejas debajo del árbol. ¡Profe! ¡Profe! ¡Venga, cómprese un buen plátano!

He charlado con Vicent, que era nuestro chófer cuando me nombraron decano en los años ochenta.

—Hace tres años que no hay pensiones, profe. Por eso la gente se jubila y muere.

—*O joka* —he dicho, aunque, por supuesto, él no necesita que le diga lo terrible que es.

—¿Cómo está Nkiru, profe? Supongo que le va bien en Estados Unidos.

Siempre pregunta por nuestra hija. A menudo nos llevaba a mi mujer, Ebere, y a mí a la facultad de medicina de Enugu para verla. Recuerdo que cuando Ebere murió, vino con sus parientes para ofrecer su *mgbalu* y pronunció un discurso conmovedor, aunque bastante largo, sobre lo bien que lo había tratado siempre Ebere cuando era nuestro chófer y que le había dado la ropa vieja de su niña para sus hijos.

—Nkiru está bien —he respondido.

—Por favor, salúdela de mi parte cuando hable con ella, profe.

—Lo haré.

Ha hablado un rato más de que somos un país que no ha aprendido a dar las gracias, de los estudiantes de las residencias que no le pagaban el tiempo que tardaba en remendarles los zapatos. Pero ha sido su nuez la que ha acaparado mi atención: subía y bajaba de forma alarmante, como si estuviera a punto de perforar la piel arrugada del cuello y salir. Vincent es más joven que yo, debe de tener unos sesenta largos, pero parece mayor. Todavía le queda un poco de pelo. Recuerdo que hablaba sin parar cuando me llevaba a trabajar; también recuerdo que era aficionado a leer mis periódicos, práctica que yo no alentaba.

–Profe, ¿quiere comprarnos un plátano? El hambre nos está matando –ha dicho uno de los hombres reunidos bajo el árbol de las llamas.

Tenía una cara que me resultaba familiar. Me ha parecido que era el jardinero de mi vecino, el profesor Ijere. El tono era medio jocoso, medio serio, pero les he comprado cacahuetes y un montón de plátanos de todos modos. Aunque lo que realmente necesitaban todos esos hombres era crema hidratante. Tenían la cara y los brazos como la ceniza. Estamos casi en marzo, pero la estación de *harmattan* aún sigue: los vientos secos, la crepitante estática en la ropa, el polvo fino en las pestañas. Hoy me he aplicado más loción que de costumbre y vaselina en los labios, pero aun así me noto la palma de las manos y la cara tirantes de la sequedad.

Ebere solía burlarse de mí por no hidratarme lo suficiente, sobre todo en el *harmattan*, y a veces después de bañarme por la mañana me extendía su Nivea por los brazos, las piernas, la espalda. Tenemos que cuidar esta preciosa piel, decía con su risa juguetona. Siempre decía que mi cutis era lo que la había conquistado, ya que yo no tenía dinero como todos los demás pretendientes que habían acudido en tropel al piso de Elias Avenue en 1961. «Sin imperfecciones», lo describía. Yo no veía nada especial en mi tez oscura pero con los años llegué a enorgullecerme un poco, con las manos de masajista de Ebere.

–¡Gracias, profe! –han exclamado los hombres, y han empezado a bromear unos con otros sobre quién iba a repartir.

Me he quedado cerca escuchándolos. Era consciente de que hablaban con más educación porque yo estaba allí: la ebanistería no iba bien, los niños estaban enfermos, habían tenido más problemas con los prestamistas. Se reían a menudo. Albergan resentimiento, como es natural, pero de algún modo han logrado dejar su espíritu intacto. A menudo me pregunto si sería como ellos si no tuviera el dinero que ahorré con mis empleos en la Oficina Federal de Estadística y si Nkiru no insistiera en enviarme dólares que no necesito. Lo dudo; probablemente me habría encogido como una tortuga en su caparazón, dejando que se menoscabara mi dignidad.

Al final me he despedido y me he dirigido a mi coche, que he aparcado cerca de los siseantes pinos que separan la facultad de Magisterio de la secretaría. Ha sido entonces cuando he visto a Ikenna Okoro.

Él ha dicho primero mi nombre.

—¿James? James Nwoye, ¿verdad?

Se ha detenido boquiabierto y he visto que todavía tenía la dentadura completa. Yo perdí un diente el año pasado. Me niego a hacerme lo que Nkiru llama un tratamiento, pero aun así me ha molestado ver el juego dental completo de Ikenna.

—¿Ikenna? ¿Ikenna Okoro? —he preguntado con un tono indeciso que daba a entender algo imposible: la vuelta a la vida de un hombre que murió hace treinta y siete años.

—Sí, sí.

Ikenna se ha acercado más, titubeante. Nos hemos estrechado la mano y nos hemos abrazado brevemente.

Nunca fuimos muy amigos; yo lo conocía en aquellos tiempos solo porque todo el mundo lo conocía. Era él quien, cuando el nuevo rector, un nigeriano educado en Inglaterra, anunció que todos los profesores debían ir encorbatados a clase, había seguido llevando sus túnicas de vivos colores desafiante. Era él quien había subido al podio del centro de profesores y había hablado hasta quedarse ronco sobre las peticiones que había que hacer al gobierno y cómo defender las mejores condiciones para el personal no académico. Daba clases de sociología, y aunque muchos de los que nos dedicábamos a las ciencias de verdad considerábamos a los de ciencias sociales como recipientes vacíos que tenían demasiado tiempo libre y escribían montones de libros ilegibles, a Ikenna lo veíamos de otro modo. Le perdonábamos su estilo autoritario, no tirábamos a la basura sus panfletos y admirábamos bastante le erudita acritud con que exponía los temas; su audacia nos convencía. Seguía siendo un hombre encogido de ojos de rana y piel clara que se había descolorido, cubierta de manchas marrones de la

64

edad. Uno oía hablar de él en aquellos tiempos y trataba de disimular su gran decepción cuando lo veía, porque la profundidad de su retórica de algún modo pedía un físico mejor. Pero como dice mi gente, un animal feroz no siempre llena la cesta del cazador.

—¿Estás vivo? —he preguntado, bastante impresionado.

Mi familia y yo lo vimos el día que murió, el 6 de julio de 1967, el mismo día que abandonamos Nsukka con prisas, con el sol de un extraño rojo feroz en el cielo y el boom boom boom de las bombas que señalaba el avance de los soldados federales. Íbamos en mi Impala. Los militares nos indicaron por señas que cruzáramos las puertas del campus y nos gritaron que no nos preocupáramos, que los vándalos, como llamábamos a los soldados federales, serían derrotados en cuestión de días y podríamos regresar. Los aldeanos, los mismos que buscarían comida en los cubos de basura de los profesores después de la guerra, pasaban andando, cientos de ellos, mujeres con cajas sobre la cabeza y bebés atados a la espalda, niños descalzos acarreando fardos, hombres empujando bicicletas o con ñames en las manos. Recuerdo que Ebere consolaba a nuestra hija Zik porque con las prisas habíamos olvidado su muñeca cuando vimos el Kadett verde de Ikenna. Conducía en sentido contrario hacia el campus. Toqué la bocina y detuve el coche: «¡No puedes volver!», grité. Pero él agitó una mano y dijo: «Tengo que recoger unos manuscritos». O tal vez: «He de coger unos materiales».

Me pareció muy temerario por su parte, porque las bombas se oían cerca y de todos modos nuestras tropas iban a hacer retroceder a esos vándalos en un par de semanas. Pero también se había apoderado de mí un sentido de invencibilidad colectiva, de legitimidad de la causa de Biafra, y no le di más vueltas hasta que me enteré de que Nsukka había caído el mismo día de nuestra evacuación y que habían tomado el campus. El portador de la noticia, un pariente del profesor Ezike, también nos dijo que habían matado a dos profesores. Uno de

65

ellos había discutido con los soldados federales antes de recibir un tiro. No hizo falta que nos dijera que había sido Ikenna.

Ikenna se ha reído de mi pregunta.

—¡Lo estoy! ¡Estoy vivo!

Su respuesta le ha parecido aún más divertida, porque ha vuelto a reírse. Hasta su risa, ahora que pienso en ello, parecía descolorida, hueca, como el sonido agresivo que reverberaba por todo el centro de profesores en los tiempos en que se burlaba de los que no pensaban como él.

—Pero te vimos —he insistido—. ¿No te acuerdas? El día que evacuamos.

—Sí.

—Dijeron que no habías logrado salir.

—Sí que salí. Me fui de Biafra el mes siguiente.

—¿Saliste?

Es increíble que a estas alturas haya revivido el profundo rechazo que experimenté cuando oí hablar de los saboteadores (los llamábamos «sabos») que habían traicionado a nuestros soldados, nuestra causa justa, nuestra nación naciente, a cambio de un salvoconducto para cruzar Nigeria hacia la sal, la carne y el agua fresca de los que nos privaba el bloqueo.

—No, no fue así, no es lo que piensas. —Ikenna ha hecho una pausa y me he fijado en que la camisa gris le colgaba de los hombros—. Fui al extranjero en un avión de la Cruz Roja. A Suecia.

Había en él cierta indecisión, una falta de confianza en sí mismo que chocaba en un hombre que había movilizado a las masas con tanta facilidad. Recuerdo la primera manifestación que organizó después de que Biafra fuera declarada un Estado independiente, cómo todos nos congregamos en la plaza de la Libertad mientras él hablaba, y vitoreamos y gritamos: «¡Feliz Independencia!».

—¿Fuiste a Suecia?

—Sí.

No ha dicho nada más y me he dado cuenta de que no iba a explicar más, no iba a contarme cómo abandonó el campus con vida y cómo se subió a ese avión; he oído hablar de los niños que llevaron en aviones a Gabón más avanzada la guerra, pero no sé de nadie que fuera evacuado en un avión de la Cruz Roja, y menos en fechas tan tempranas. El silencio entre nosotros se ha vuelto tenso.

—¿Has vuelto a estar en Suecia desde entonces?

—Sí. Toda mi familia se encontraba en Orlu cuando la bombardearon. Como no me quedó ningún ser querido con vida, no tenía motivos para volver. —Se ha detenido para soltar un sonido áspero que se suponía que era una carcajada, pero que ha sonado más bien como una serie de toses—. Estuve un tiempo en contacto con el doctor Anya. Me habló de reconstruir el campus y creo que me comentó que te habías ido a Estados Unidos después de la guerra.

En realidad, Ebere y yo regresamos a Nsukka inmediatamente después de que se acabara la guerra en 1970, pero solo unos días. Fue demasiado para nosotros. Encontramos nuestros libros reducidos a un montón de cenizas en el jardín delantero bajo el árbol paraguas. En la bañera había heces calcificadas entre las páginas de mis *Anales matemáticos* que habían sido utilizadas como papel higiénico, manchas con relieve que emborronaban las fórmulas que había estudiado y enseñado. Nuestro piano, el de Ebere, había desaparecido. La toga que había llevado al licenciarme en Ibadan la habían usado para limpiar algo y estaba cubierta de hormigas que entraban y salían ajetreadas, ajenas a mi mirada. Habían arrancado nuestras fotos y roto los marcos. De modo que nos marchamos a Estados Unidos y no volvimos hasta 1976. Cuando lo hicimos, nos asignaron una casa en la Ezenweze Street y durante mucho tiempo evitamos conducir por Imoke Street, porque no queríamos ver la vieja casa; más tarde nos enteramos de que los nuevos ocupantes habían talado el árbol paraguas. Se lo he contado todo a Ikenna, aunque no le he hablado del tiempo que vivimos en Berkeley, donde mi amigo norteamericano negro Chuck Bell me había concertado una entrevista para dar clases. Ikenna ha guardado silencio un rato y luego ha dicho:

—¿Cómo está tu hija Zik? Ya debe de ser toda una mujer.

Siempre había insistido en pagar la Fanta de Zik cuando la llevábamos al centro de profesores el Día de la Familia, porque, según él, era la niña más guapa. Sospecho que era porque la habíamos llamado como nuestro presidente e Ikenna había sido zikista antes de afirmar que el movimiento era demasiado manso y abandonarlo.

—La guerra se la llevó —he dicho en igbo.

Hablar de la muerte en inglés siempre ha tenido un inquietante sentido irrevocable para mí.

Ikena ha respirado hondo, pero solo ha dicho «*Ndo*», «Lo siento». He agradecido que no preguntara cómo fue, no hay muchos cómos de todos modos, y que no pareciera exageradamente sorprendido, como si las muertes siempre fueran accidentes.

—Tuvimos otra hija después de la guerra —he añadido.

Pero Ikenna se ha puesto a hablar con prisas.

—Yo hice todo lo que pude. Dejé la Cruz Roja Internacional. Estaba llena de cobardes que no eran capaces de defender a seres humanos. Después de que derribaran ese avión en Eket dieron marcha atrás, como si no supieran que eso era exactamente lo que quería Gowon de ellos. Pero el Concilio Mundial de las Iglesias siguió mandando ayuda a través de Uli. ¡Por la noche! Yo estaba en Uppsala cuando se reunió. Fue la operación más grande que se llevaba a cabo desde la segunda guerra mundial. Yo me ocupé de la recaudación de fondos. Organicé las manifestaciones a favor de Biafra en todas las capitales europeas. ¿Te enteraste de la de Trafalgar Square? Estuve detrás de todo eso. Hice lo que pude.

No estaba seguro de qué hablaba. Daba la impresión de haberlo repetido una y otra vez. He mirado hacia el árbol de las llamas. Los hombres seguían allí reunidos, pero no alcanzaba a ver si habían acabado de comer los plátanos y los cacahuetes. Tal vez ha sido entonces cuando me he sumergido en una brumosa nostalgia, una sensación que no me ha abandonado.

–Chris Okigbo murió, ¿verdad? –ha preguntado Ikenna, haciéndome volver de golpe a la realidad.

Por un momento me he preguntado si quería que lo negara, que también invocara su fantasma. Pero Okigbo, nuestro genio, nuestra estrella, el hombre cuya poesía nos movilizaba a todos, hasta a los de ciencias, que no siempre la entendíamos, había muerto.

–Sí, la guerra se lo llevó.

–Perdimos un coloso en ciernes.

–Sí, pero al menos él fue lo bastante valiente para luchar.

En cuanto lo he dicho me he arrepentido. Solo quería hacer un homenaje a Chris Okigbo, que podría haber trabajado en uno de los consejos administrativos como hicimos los demás universitarios, pero que en lugar de ello había cogido un arma para defender Nsukka. No quería que Ikkena malinterpretara mi intención y me he preguntado si debía disculparme o no. Al otro lado de la calle se estaba levantando un pequeño torbellino de polvo. Los pinos se mecían siseantes por encima de nuestra cabeza y el viento ha arrancado las hojas secas de los árboles que hay más adelante. Tal vez por incomodidad he empezado a hablar a Ikkena del día que Ebere y yo volvimos en coche a Nsukka cuando terminó la guerra, del paisaje en ruinas, los tejados arrasados, las casas tan repletas de orificios de balas que Ebere comentó que parecían quesos suizos. Cuando llegamos a la carretera que recorre Aguleri, los soldados de Biafra nos detuvieron y nos metieron en el coche un soldado herido; la sangre caía en el asiento trasero y como había un rasgón en la tapicería, empapó todo el relleno, mezclándose con las entrañas de nuestro coche. La sangre de un desconocido. No estoy seguro de por qué he escogido contarle esta historia en particular, pero para aumentar su interés he añadido que el olor metálico de la sangre del soldado me hizo pensar en él, porque siempre había imaginado que los soldados federales le habían pegado un tiro y lo habían dejado morir, permitiendo que su sangre se extendiera por el suelo. No es verdad; ni me imaginé eso ni ese soldado herido me recordó a Ikenna. Si a él le ha parecido extraña mi anécdota, no lo ha dicho. Solo ha asentido.

—He oído muchas historias. Muchas.

—¿Cómo es la vida en Suecia?

Él se ha encogido de hombros.

—Me jubilé el año pasado. Decidí volver y ver.

Dijo «ver» como si se refiriera a algo más de lo que uno hacía con los ojos.

—¿Qué hay de tu familia?

—No me he vuelto a casar.

—Oh.

—¿Y qué tal le va a tu mujer? Nnena, ¿verdad? —ha preguntado Ikenna.

—Ebere.

—Ah, sí, por supuesto. Una mujer encantadora.

—Ebere ya no está con nosotros. Desde hace tres años —he respondido en igbo.

Me han sorprendido las lágrimas que le han vidriado los ojos. No se acordaba cómo se llamaba y sin embargo ha llorado su pérdida, o tal vez lloraba una época llena de posibilidades. Ikenna, me he dado cuenta, es un hombre que lleva encima el peso de lo que podría haber sido.

—Lo siento. Lo siento mucho.

—No te preocupes. Viene de visita.

—¿Cómo? —ha preguntado él con una expresión perpleja, aunque era evidente que me había oído.

—Viene de visita. Viene a verme.

—Entiendo —ha respondido Ikenna con el tono conciliador que uno reserva para los locos.

—Quiero decir que iba de visita a Estados Unidos muy a menudo; nuestra hija es médico allí.

—¿Ah sí? —ha respondido Ikenna demasiado alegremente.

Parecía aliviado. No era de extrañar. Nosotros somos los cultos, los que hemos sido educados para mantener fijos los límites de lo que se considera real. Yo era como él hasta que Ebere apareció por primera vez tres semanas después de su funeral. Nkiru y su hijo acababan de regresar a Estados Unidos. Estaba solo. Cuando oí la puerta de abajo cerrarse y abrirse, y cerrarse de nuevo, no pensé nada. Siempre ocurría con el aire nocturno. Pero a través de la ventana del dormitorio no se oía el susurro de las hojas, el susurro de los árboles de neem y los anacardos. Fuera no soplaba el viento. Aun así la puerta de abajo se abría y se cerraba. En retrospectiva, dudo que me asustara tanto como debiera. Oí los pies por las escaleras, muy parecidos a los de Ebere, más pesados cada tercer paso. Me quedé tumbado en la oscuridad de nuestra habitación. Luego sentí como apartaban el edredón y unas manos me masajeaban con suavidad los brazos, las piernas, el pecho, la cremosa suavidad de la loción, y un agradable letargo se apoderó de mí, un letargo que no logro combatir cada vez que viene. Me desperté, como sigo haciendo después de sus visitas, con la piel suave e impregnada del olor de Nivea.

A menudo quiero decirle a Nkiru que su madre viene una vez por semana durante el *harmattan* y menos a menudo en la estación lluviosa, pero entonces tendrá por fin un motivo para llevarme consigo a Estados Unidos y me veré obligado a vivir una vida tan acolchada de comodidades que será estéril. Una vida plagada de lo que llamamos «oportunidades». Una vida que no está hecha para mí. Me pregunto qué habría pasado si hubiéramos ganado la guerra en 1967. Tal vez no estaríamos buscando estas oportunidades en el extranjero y no tendría que preocuparme por nuestro nieto, que no habla igbo y que la última vez que vino a verme no entendía por qué se esperaba de él que dijera «buenas tardes» a los desconocidos, porque en su mundo uno tiene que justificar las cortesías más simples. Pero ¿quién sabe? Tal vez nada habría cambiado aunque hubiéramos ganado.

—¿Le gusta Estados Unidos a tu hija? —ha preguntado Ikenna.

—Le va muy bien.

—¿Y has dicho que es médico?

—Sí. —Me ha parecido que Ikenna merecía algo más de información, o tal vez no ha desaparecido aún la tensión de mi anterior comentario, porque he añadido−: Vive en una ciudad pequeña de Connecticut, cerca de Rhode Island. El hospital puso un anuncio para un puesto de médico y cuando ella se presentó, echaron un vistazo a su título de Nigeria y le dijeron que no querían un extranjero. Pero, verás, ella ha nacido en Estados Unidos, la tuvimos mientras vivíamos en Berkeley, yo estuve dando clases allí cuando fuimos a Estados Unidos después de la guerra, de modo que tuvieron que aceptarla. −Me he reído, esperando que Ikenna se riera conmigo. Pero no lo ha hecho. Ha mirado con cara solemne a los hombres reunidos bajo el árbol−. Bueno, al menos ahora no es tan horrible como antes. ¿Recuerdas lo que era estudiar en tierra de *oyibos* a finales de los cincuenta?

Él ha asentido para demostrar que se acordaba, aunque nuestra experiencia como estudiantes en el extranjero no puede haber sido la misma; él es un hombre de Oxford mientras que yo fui de los que consiguieron una beca del Fondo Universitario de Afroamericanos Unidos para estudiar en Estados Unidos.

−El centro de profesores es una sombra de lo que era −ha comentado Ikenna−. He ido esta mañana.

−Hace mucho que no voy por ahí. Aun antes de jubilarme llegó un momento en que me sentí demasiado viejo y fuera de lugar. Esos novatos son unos ineptos. Ninguno enseña nada. Ninguno tiene ideas nuevas. No hay más que politiqueo mientras los estudiantes compran sus títulos con dinero o con su cuerpo.

−¿En serio?

−Ya lo creo. Todo se ha derrumbado. Las sesiones del consejo universitario se han convertido en batallas de culto a la personalidad. ¿Te acuerdas de Josephat Udeana?

−El gran bailarín.

Me he quedado sorprendido por un momento porque hacía mucho que no pensaba en Josephat como lo que era justo antes de la guerra, con diferencia el mejor bailarín de ballet que teníamos en el campus.

–Exacto –he dicho, y he agradecido que los recuerdos de Ikenna se hubieran paralizado en una época en que yo todavía creía que Josephat era un hombre íntegro–. Josephat fue rector durante seis años y llevó esta universidad como si fuera el gallinero de su padre. El dinero desapareció y de pronto empezamos a ver coches nuevos con el nombre de fundaciones extranjeras que no existían. Algunos acudieron a los tribunales, pero de nada sirvió. Él dictaminaba quién debía ascender y quién no. En pocas palabras, actuaba como todo un consejo universitario. El rector actual sigue fielmente sus pasos. ¿Sabes? No me han pagado la pensión desde que me jubilé. Acabo de salir de la secretaría.

–¿Y por qué nadie hace nada? ¿Por qué? –ha preguntado Ikenna, y por un instante el viejo Ikenna ha estado allí, en la voz y en la indignación, y he vuelto a recordar su intrepidez. Podría acercarse a un árbol y darle un puñetazo.

–Bueno –he respondido encogiéndome de hombros–, muchos de los profesores están cambiando sus fechas de nacimiento. Van a los de recursos humanos y sobornan a alguien para que añada cinco años. Nadie quiere jubilarse.

–Eso no está bien. No está nada bien.

–No está pasando solo aquí, sino en todo el país.

He sacudido la cabeza de lado a lado con la lentitud que mi gente ha perfeccionado al referirse a estos asuntos, dando a entender que la situación es, por desgracia, ineludible.

–Sí, la calidad está cayendo en todas partes. Acabo de leer en el periódico sobre los medicamentos falsificados –ha dicho Ikenna, e inmediatamente he pensado que era una coincidencia bastante oportuna.

La venta de medicamentos caducados es la última plaga de nuestro país, y si Ebere no hubiera muerto, me habría parecido normal llevar la conversación hacia esos derroteros. Pero he desconfiado. Tal vez Ikenna ha oído hablar de cómo Ebere estuvo ingresada en el hospital cada vez más débil, el desconcierto de su médico al ver que no se recuperaba con la medicación, mi angustia y cómo nadie supo que los medicamentos eran ineficaces hasta que fue demasiado tarde. Tal vez Ikenna quería hacerme hablar de ello para que le dejara ver algo más de la locura que ya había percibido en mí.

—Los medicamentos falsificados son una atrocidad —he dicho con tono grave, resuelto a no añadir nada más.

Pero tal vez me he equivocado con las intenciones de Ikenna, porque no ha insistido en el tema. Ha vuelto a mirar a los hombres de debajo del árbol y me ha preguntado:

—¿Y a qué dedicas tus días?

Parecía intrigado, como si quisiera saber qué clase de vida llevo yo solo en un campus universitario que es una sombra de lo que fue, esperando una pensión que nunca llega.

He sonreído y respondido que descansaba. ¿No es lo que hace uno al jubilarse? ¿Acaso no llamamos en igbo a la jubilación «el descanso de la vejez»?

A veces voy a ver a mi viejo amigo el profesor Maduewe. Doy paseos por los campos desvaídos de la plaza de la Libertad, con su hilera de mangos. O por la avenida de Ikejiani, donde las motos pasan a gran velocidad con los estudiantes montados a horcajadas, acercándose demasiado unas a otras para evitar los baches. En la estación lluviosa, cuando descubro un nuevo cauce donde los aguaceros se han comido la tierra, siento una oleada de logro. Leo los periódicos. Como bien; mi criado Harrison viene cinco días a la semana y su sopa de *onugbu* es única. Hablo a menudo con nuestra hija por teléfono y cuando me cortan la línea, que es cada dos por tres, corro a NITEL y soborno a alguien para que me la arrgle. En mi despacho polvoriento y abarrotado desentierro publicaciones viejísimas. Inhalo hondo el olor de los árboles de neem que separan mi casa de la del profesor Ijere; un olor que se supone que es medicinal, aunque ya no estoy seguro de lo que dicen que cura. No voy a la iglesia; dejé de ir después de la primera visita de Ebere porque ya no tengo dudas. Es nuestra incertidumbre acerca de la vida después de la muerte lo que nos empuja hacia la religión. De modo que los domingos me siento en el porche y veo cómo los buitres se posan en mi tejado, e imagino que miran hacia abajo divertidos.

«¿Es una buena vida, papá?», ha empezado a preguntarme Nkiru últimamente por teléfono, con ese leve acento norteamericano ligeramente inquietante. No es ni buena ni mala, le digo, es la mía. Y eso es lo que importa.

Otro remolino de polvo nos ha hecho parpadear y he invitado a Ikenna a ir a casa para sentarnos y charlar como es debido, pero él ha dicho que tenía que ir a Enugu, y cuando le he preguntado si pasaría más tarde, ha hecho un gesto vago con las manos dando a entender que sí. Pero sé que no lo hará. No volveré a verlo. Lo he observado alejarse, ese hombre duro, y he vuelto en coche a casa pensando en la vida que podríamos haber tenido todos los que íbamos al centro de profesores en los buenos tiempos de antes de la guerra. He conducido despacio, porque las motos no respetan las normas viales y mi vista ya no es tan buena.

La semana pasada le hice una pequeña rascada a mi Mercedes al dar marcha atrás, por lo que he tenido cuidado al aparcar en el garaje. Tiene veintitrés años pero funciona muy bien. Recuerdo cómo se emocionó Nkiru cuando llegó de Alemania, donde yo lo había comprado al ir a recibir el premio de la Academia de Ciencias. Era el último modelo. Yo no lo sabía, pero sus amigos adolescentes sí, y todos iban a casa para ver el cuentakilómetros y pedirme permiso para tocar los paneles del salpicadero. Hoy día todo el mundo lleva un Mercedes; los compran en Cotonou de segunda mano, sin retrovisores ni faros. Ebere se burlaba de ellos, diciendo que nuestro coche era viejo pero mucho mejor que todo esos trastos *tuke-tuke* que la gente conducía sin cinturón de seguridad. Todavía tiene sentido del humor. A veces, cuando viene a verme, me hace cosquillas en los testículos al rozarlos con los dedos. Sabe muy bien que la medicación para la próstata ha apagado las cosas ahí abajo y solo lo hace para tomarme el pelo con su risa ligeramente burlona. En su entierro, cuando nuestro nieto leyó su poema «Sigue riendo, abuela», pensé que el título era perfecto, y las palabras infantiles casi me arrancaron las lágrimas, a pesar de mi sospecha de que Nkiru había escrito casi todo.

He recorrido el jardín con la mirada mientras me acercaba a la puerta. Harrison se ocupa un poco del jardín, sobre todo riega en esta estación. Los rosales solo son tallos, pero al menos los resistentes arbustos de cereza están de un verde polvoriento. He encendido el televisor. En la pantalla seguía lloviendo, aunque la semana pasada vino a arreglarlo el hijo del doctor Otagbu, el brillante joven que estudia ingeniería electrónica. Mis canales satélite dejaron de verse con la última tormenta, pero todavía no he ido a la oficina a buscar a alguien que me los mire. De todos modos, uno puede pasar unas semanas sin la BBC y la CNN, y los programas de la NTA son bastante buenos. Fue en la NTA donde hace unos días transmitieron una entrevista a otro hombre acusado de importar medicamentos falsificados, concretamente para la fiebre tifoidea. «Mis fármacos no matan –dijo mirando con los ojos muy abiertos la cámara como si apelara a las masas–. Simplemente no curan.» Apagué el televisor porque no podía soportar seguir viendo los gruesos labios del hombre. Pero no me ofendí, al menos no tanto como lo habría hecho si Ebere no me visitara. Solo esperaba que no lo dejaran suelto y volviera a la China o la India o a dondequiera que fuera para importar medicamentos caducados que no matan a la gente, es cierto, solo se aseguran de que la enfermedad los mate.

Me he preguntado por qué en todos los años que han transcurrido desde la guerra nunca se ha sabido que Ikenna Okoro no había muerto. Es cierto que a veces hemos oído hablar de hombres a los que habían dado por muertos y aparecieron en la puerta de su casa meses o incluso años después de enero de 1970. Puedo imaginar la cantidad de arena que habrán arrojado sobre esos hombres deshechos sus familiares, suspendidos entre la incredulidad y la esperanza. Pero casi nunca hablamos de la guerra. Cuando lo hacemos es con una vaguedad deliberada, como si lo importante no fuera que nos apretujábamos en refugios de barro durante los ataques aéreos después de los cuales enterrábamos los cadáveres con trozos rosas en su piel ennegrecida, ni que comíamos peladuras de yuca y vimos la tripa de nuestros hijos hincharse de malnutrición, sino que sobrevivimos. Hasta Ebere y yo, que habíamos discutido durante meses sobre el nombre de nuestra primera hija, Zik, nos pusimos rápidamente de acuerdo en el de la segunda, Nkiruka; lo que tenemos por delante es mejor.

Estoy sentado en mi estudio, donde corregía los exámenes de mis alumnos y ayudaba a Nkiru a hacer sus deberes de matemáticas. El sofá de cuero está gastado. La pintura pastel de encima de los estantes está desconchada. En el escritorio, sobre un grueso listín, está el teléfono. Tal vez suene y Nkiru me diga algo de nuestro nieto, lo bien que le ha ido hoy en el colegio, algo que me hará sonreír, aunque creo que los profesores en Estados Unidos no son lo bastante serios y dan sobresalientes con demasiada facilidad. Si no suena pronto, me bañaré y me iré a la cama, y en la silenciosa oscuridad de la habitación esperaré a oír el ruido de la puerta al abrirse y cerrarse.

## EL LUNES DE LA SEMANA ANTERIOR

Desde el lunes de la semana anterior Kamara había empezado a detenerse delante de los espejos. Se volvía hacia uno y otro lado, examinando su cintura abultada y visualizándola lisa como la cubierta de un libro, luego cerraba los ojos e imaginaba a Tracy acariciándosela con esos dedos embadurnados de pintura. Volvió a hacerlo ante el espejo del cuarto de baño después de tirar de la cadena.

Josh esperaba junto a la puerta cuando ella salió. El hijo de siete años de Tracy. Tenía las mismas cejas pobladas y sin arquear de su madre, como líneas rectas trazadas sobre los ojos.

—¿Pipí o caca? —preguntó con fingida voz infantil.

—Pipí. —Ella fue a la cocina, donde las persianas grises proyectaban una sombra a rayas sobre la encimera y donde llevaban toda la tarde practicando para el maratón de lectura—. ¿Ya te has terminado el jugo de espinacas?

—Sí.

Él la observaba. Sabía, tenía que saberlo, que la única razón por la que iba al cuarto de baño cada vez que le servía el vaso de jugo verde era para darle la oportunidad de tirarlo. Había empezado a hacerlo el primer día que Josh lo probó, hizo una mueca y dijo: «Puaf. Es asqueroso». «Tu papá dice que tienes que beberlo cada día antes de cenar —había respondido Kamara. Y había añadido—: Solo es medio vaso, se tardaría un minuto en tirarlo», y se fue al cuarto de baño. Eso fue todo. Cuando salió el vaso estaba vacío junto al fregadero.

—Voy a prepararte la cena, así estarás más que listo para ir a Zany Brainy cuando vuelva tu padre.

Todavía se le resistían las expresiones norteamericanas, pero se esforzaba en utilizarlas por Josh.

—De acuerdo.

—¿Quieres pescado o pollo con el arroz?

—Pollo.

Ella abrió la nevera. El estante superior estaba abarrotado de botellas de plástico de espinacas orgánicas en jugo. Unas latas de té de hierbas habían ocupado el mismo espacio hacía dos semanas, cuando Neil leyó *Infusiones de hierbas para niños*, y antes de eso habían sido unos brebajes de soja y unos batidos proteínicos para el crecimiento de los huesos. El jugo de espinacas pronto se acabaría, Kamara lo sabía, porque al llegar esa tarde lo primero que había visto era que *Una guía completa de las verduras de jugo* ya no estaba en la encimera; Neil debía de haberla guardado en el cajón durante el fin de semana.

Kamara sacó un paquete de pollo orgánico cortado en tiras.

—¿Por qué no te tumbas un rato a ver una película, Josh? —preguntó.

A él le gustaba sentarse en la cocina y verla cocinar, pero se le veía muy cansado. Los otros cuatro finalistas del Maratón de Lectura probablemente estaban igual de cansados, con la boca dolorida de pronunciar largas palabras desconocidas, el cuerpo tenso de pensar en el concurso del día siguiente.

Kamara lo vio poner un DVD de los Rugrats y tumbarse en el sofá, un niño delgado de piel aceitunada y una maraña de rizos. «Mestizos» era como habían llamado a los niños como él en Nigeria, y la palabra había significado automáticamente una atractiva piel clara y viajes al extranjero para visitar a los abuelos blancos. A Kamara siempre le había molestado el glamour de los mestizos. Pero en Estados Unidos mestizo era un insulto. Kamara lo había averiguado la primera vez que llamó para preguntar por el trabajo de canguro que había visto anunciado en el *Philadelphia City Paper*: paga generosa, cerca de medio de transporte, no era necesario coche. Neil se había sorprendido de que fuera nigeriana.

—Habla muy bien el inglés —dijo, y a ella le irritó su sorpresa, que considerara el inglés como una especie de propiedad privada.

Por esa razón, aunque Tobechi la había advertido que no mencionara sus estudios, dijo a Neil que tenía una licenciatura, que hacía poco que se había reunido con su marido en Estados Unidos y quería ganar algo de dinero mientras esperaba que le tramitaran su tarjeta de residencia para conseguir un permiso de trabajo como era debido.

—Bueno, necesito a alguien que se comprometa hasta que termine el colegio de Josh —dijo Neil.

—Eso no es problema —se apresuró a decir Kamara. No debería haber dicho que era licenciada.

—¿Tal vez podría enseñar a Josh algo de nigeriano? Ya va a clases de francés dos veces por semana después del colegio. Va a un programa avanzado del Temple Beth Hillel donde hacen exámenes de entrada a los cuatro años. Es un niño estupendo, muy tranquilo y dulce, pero me preocupa que no haya más niños birraciales en el colegio o en el barrio.

—¿Birraciales? —preguntó Kamara.

La tos de Neil sonó delicada.

—Mi mujer es afroamericana y yo soy blanco, judío.

—Ah, es mestizo.

Hubo una pausa y la voz de Neil volvió a sonar, esta vez más espesa.

—Por favor, no utilice esa palabra.

El tono hizo que Kamara se disculpara, aunque no estaba segura de qué. El tono también le dio a entender que había perdido la oportunidad de obtener un empleo, de modo que se sorprendió cuando él le dio la dirección y le preguntó si podía ir al día siguiente. Era un hombre alto, de mandíbula prominente. Tenía una forma de hablar suave, casi relajante, que se suponía que le venía de ser abogado. La entrevistó en la cocina. Apoyado contra la encimera, le pidió referencias y le preguntó por su vida en Nigeria, luego explicó que querían educar a Josh en la cultura judía y afroamericana, sin dejar en ningún momento de alisar con el dedo el adhesivo plateado del teléfono en el que se leía: «No a las armas». Kamara se preguntó dónde estaba la madre. Tal vez Neil la había matado y escondido en un baúl; Kamara había pasado los últimos meses viendo juicios por televisión y había averiguado lo locos que estaban los norteamericanos. Pero cuanto más lo oía hablar, más segura estaba de que no era capaz de matar una hormiga. Percibió cierta fragilidad en él, una serie de ansiedades. Él explicó que le preocupaba que Josh estuviera pasándolo mal en el colegio por ser diferente, que pudiera ser infeliz, que no lo veía lo suficiente, que era hijo único, que cuando fuera mayor arrastraría problemas de la niñez y sufriría depresiones. Hacia la mitad Kamara quiso interrumpirlo y preguntar: «¿Por qué se está preocupando de cosas que aún no han pasado?». Pero se calló, porque aún no estaba segura de si tenía el trabajo. Y cuando él se lo ofreció, desde después del colegio hasta las seis, doce dólares la hora en efectivo, ella siguió sin decir nada, porque le pareció que todo lo que él necesitaba, desesperadamente, era que lo escuchara y no le costaba ningún esfuerzo escuchar.

Neil le dijo que creía en el método disciplinario basado en la razón. Nunca daba una bofetada a Josh porque no creía en el maltrato como disciplina.

—Si se le explica la razón por la que un comportamiento determinado está mal, no vuelve a repetirse.

Una bofetada es disciplina, quería decir Kamara. No tenía nada que ver con el maltrato. El maltrato era la clase de cosa de la que los norteamericanos oían hablar en las noticias, como apagar los cigarrillos en el brazo de un niño. Pero dijo lo que Tobechi le había indicado que dijera:

—Yo pienso lo mismo. Y, por supuesto, solo utilizaré el método que usted apruebe.

—Josh sigue una dieta sana —continuó Neil—. Evitamos consumir sirope de maíz alto en fructosa, harina blanqueada o grasas trans. Se lo apuntaré todo.

—Muy bien. —No estaba segura de qué hablaba.

Antes de irse, preguntó:

—¿Qué hay de su madre?

—Tracy es artista. Pasa mucho tiempo en el sótano. Está trabajando en un encargo. Tiene una fecha tope… —Se calló.

—Oh.

Kamara lo miró desconcertada, preguntándose si había algo claramente norteamericano que debía entender a partir de esa afirmación, algo que explicara por qué la madre del chico no estaba allí para recibirla.

—Josh tiene prohibido bajar al sótano de momento, así que usted tampoco puede. Llámeme si hay problemas. He dejado los números en la nevera. Tracy no sube hasta por la noche. Todo el día llegan mensajeros en moto para traerle sopa y sándwiches, así que es autosuficiente ahí abajo. —Neil hizo una pausa—. Asegúrese de que no la molesta para nada.

—No he venido aquí para molestar a nadie —replicó Kamara con cierta frialdad, porque de pronto le pareció que le hablaba como se hablaba a las criadas en Nigeria.

No debería haber dejado que Tobechi la persuadiera para aceptar ese prosaico empleo limpiando el trasero de un niño desconocido. No debería haberle hecho caso cuando dijo que esos ricos blancos de la Main Line no sabían qué hacer con el dinero. Pero aun mientras se dirigía con su magullada dignidad a la estación de tren, supo que no había hecho falta en realidad que la persuadiera. Quería el empleo, cualquier empleo; quería tener una razón para salir del apartamento día tras día.

Ya habían pasado tres meses. Tres meses cuidando a Josh. Tres meses escuchando las preocupaciones de Neil, siguiendo sus instrucciones ansiosas, tomándole un afecto compasivo. Tres meses sin ver a Tracy. Al principio le intrigó esa mujer de largos rizos rastas y piel del color de la manteca de cacahuete que iba descalza en la foto de la boda que había en el estante del estudio. Se había preguntado cuándo salía del sótano, si lo hacía alguna vez. A veces oía ruidos ahí abajo, un portazo o suaves notas de música clásica. Se preguntaba si Tracy veía alguna vez a su hijo. Cuando trataba de hacer hablar a Josh de su madre, él decía:

—Mamá está muy ocupada con su trabajo. Se enfadará si la molestamos.

Y al ver su cara cuidadosamente neutral, ella se contenía de preguntar más. Lo ayudaba con los deberes, jugaba a cartas con él, veía los DVD a su lado, y le hablaba de los grillos que había atrapado de niña y disfrutaba del atento placer con que él la escuchaba. La existencia de Tracy se había vuelto superflua, una realidad de fondo como el zumbido de la línea telefónica cuando Kamara llamaba a su madre a Nigeria. Hasta el lunes de la semana anterior.

Aquel día Josh había ido al cuarto de baño y Kamara estaba sentada a la mesa, hojeando sus deberes, cuando oyó un ruido detrás de ella. Se volvió, creyendo que era Josh, pero apareció Tracy, curvilínea con unas mallas y un suéter ceñido, entrecerrando los ojos al sonreír y apartándose los largos rizos de la cara con dedos manchados de pintura. Fue un momento extraño. Se sostuvieron la mirada y de pronto Kamara quiso adelgazar y volver a maquillarse. ¿Una mujer que tiene lo mismo que tú?, diría su amiga Chinwe si se lo explicara. *Tufia!* ¿Qué tontería es esa? Kamara también había estado repitiéndoselo, desde el lunes de la semana anterior. Se lo repetía pero dejó de comer plátanos, se trenzó el pelo en la peluquería senegalesa de South Street y empezó a examinar con atención los montones de rímel que había en la perfumería. Repetirse esas palabras no cambiaba nada, porque lo que había ocurrido en la cocina aquella tarde era una eclosión de esperanza desmedida, porque lo que impulsaba desde entonces su vida era la perspectiva de que Tracy volviera a subir las escaleras.

Kamara metió las tiras de pollo en el horno. Neil le pagaba tres dólares más los días que no llegaba a casa a tiempo y ella preparaba la cena de Josh. Le divertía que hablara de «preparar la cena» como si fuera una tarea complicada cuando en realidad solo era una serie de acciones saneadas: abrir cajas de cartón y bolsas, y colocar el contenido en el horno y el microondas. Neil debería haber visto las espesas ráfagas de humo que soltaba la estufa que había utilizado en su país. El horno emitió un pitido. Colocó las tiras de pollo alrededor del pequeño montón de arroz que había en el plato de Josh.

—Josh —lo llamó—. La cena está lista. ¿Quieres yogur congelado de postre?

—Sí.

Josh sonrió y ella pensó que la curva de sus labios era exactamente igual que la de Tracy.

Se golpeó la punta del pie contra el borde de la encimera. Había empezado a tropezar con todo desde el lunes de la semana anterior.

—¿Estás bien? —preguntó él.

Ella se frotó el pie.

—Sí.

—Espera, Kamara. —Josh se arrodilló en el suelo y le besó el pie—. Ya está. Así se irá.

Ella miró la pequeña cabeza que tenía ante ella, cubierta de rizos rebeldes, y quiso abrazarlo muy fuerte.

—Gracias, Josh.

Sonó el teléfono. Sabía que era Neil.

—Hola, Kamara. ¿Todo va bien?

—Sí, muy bien.

—¿Cómo está Josh? ¿Está asustado por lo de mañana? ¿Nervioso?

—Está bien. Hemos terminado de practicar.

—Estupendo. —Una pausa—. ¿Puedo saludarlo rápidamente?

—Está en el cuarto de baño. —Kamara bajó la voz viendo cómo Josh apagaba el DVD del escritorio.

—Pues hasta dentro de un rato. Acabo de sacar literalmente a empujones a mi última clienta de la oficina. Hemos logrado que su marido acceda a firmar un acuerdo extrajudicial y el asunto empezaba a alargarse demasiado. —Soltó una risotada.

—Ya.

Kamara estaba a punto de colgar cuando se dio cuenta de que Neil seguía allí.

—¿Kamara?

—¿Sí?

—Estoy un poco preocupado por lo de mañana. Verás, no sé hasta qué punto es saludable esta clase de concurso para un niño de su edad.

Kamara abrió el grifo y limpió los últimos rastros del líquido verde oscuro.

—Lo hará bien.

—Espero que ir a ver los juguetes de Zany Brainy le distraigan un rato del concurso.

—Lo hará bien —repitió Kamara.

—¿Te gustaría acompañarnos a Zany Brainy? Te llevaré a tu casa luego.

Kamara respondió que prefería irse a casa. No sabía por qué había mentido diciendo que Josh estaba en el cuarto de baño; le había salido sin querer. Antes habría charlado con Neil y probablemente habría ido con ellos a Zany Brainy, pero su relación con él parecía haberse enrarecido.

Seguía agarrada al teléfono; había empezado a pitar ruidosamente. Palpó el adhesivo de «Protege a nuestros ángeles» que Neil había pegado en él al día siguiente del que llamó frenético porque acababa de ver en Internet una foto de un agresor sexual de menores que se había mudado hacía poco a su barrio y que era exactamente igual que el repartidor de UPS. ¿Dónde está Josh? ¿Dónde está Josh?, había preguntado, como si hubiera podido estar en otra parte que en casa. Kamara había colgado compadeciéndolo. Había llegado a convencerse de que en Estados Unidos la crianza de los hijos era un malabarismo de ansiedades, lo que estaba relacionado con consumir demasiada comida; el estómago saciado les daba tiempo para preocuparse por si tenía una enfermedad extraña sobre la que acababan de leer, les hacía creer que tenían derecho a protegerlos de la decepción, la carencia y el fracaso. La barriga saciada les permitía jactarse de ser buenos padres, como si preocuparte por un hijo fuera la excepción en lugar de la norma. Antes le divertía ver hablar a las mujeres por la televisión de lo mucho que querían a sus hijos, de los sacrificios que hacían por ellos. Ahora le irritaba. Desde que sus períodos insistían en llegar mes tras mes le molestaban las mujeres acicaladas con sus bebés concebidos sin esfuerzo y sus alegres expresiones de «padres sanos».

Colgó y tiró del adhesivo negro para ver lo fácilmente que se arrancaba. Cuando Neil la entrevistó para el empleo había habido un adhesivo plateado de «No a las armas» y fue lo primero de lo que habló a Tobechi, lo raro que le había parecido ver a Neil alisarlo una y otra vez, como si se tratara de un ritual. Pero a Tobechi no le interesaba el adhesivo. Le preguntó por la casa, detalles que ella no podía saber. ¿Era de estilo colonial? ¿Cuánto años tenía? Y mientras preguntaba le brillaban los ojos de sueños. «Algún día también viviremos en una casa de Ardmore o de Main Line», dijo.

Ella no respondió, porque lo que le importaba no era dónde vivían sino en qué se habían convertido.


Se conocieron en la universidad de Nsukka cuando los dos estaban en su último año, él de ingeniería y ella de química. Él era muy callado, estudioso, más bien menudo, la clase de chico que según los padres tenía «un brillante porvenir». Pero lo que la atrajo fue cómo la miraba con ojos llenos de asombro, ojos que la hacían sentir ella misma. Al cabo de un mes se trasladó a la habitación de la residencia de Tobechi en una avenida arbolada del campus e iban juntos a todas partes subidos al mismo *okada*, Kamara entre el conductor y Tobechi. Llevaban juntos cubos de agua al cuarto de baño de delgados tabiques, cocinaban al aire libre en un pequeño hornillo, y cuando los amigos empezaron a llamarlo calzonazos, él sonrió como si no supieran lo que se estaban perdiendo. La boda, que tuvo lugar poco después de que terminaran su Servicio

Nacional Juvenil, fue precipitada porque el tío de él, un pastor, acababa de ofrecerse a ayudarlo a conseguir un visado a Estados Unidos apuntándolo a un grupo que iba a dar una conferencia en la Evangelical Faith Mission. Estados Unidos suponía trabajo duro, los dos lo sabían, y uno solo lo conseguía si estaba dispuesto a trabajar duro. Tobechi iría a Estados Unidos, buscaría empleo, trabajaría dos años hasta conseguir una tarjeta de residencia y la iría a buscar. Pero los dos años se convirtieron en cuatro, y ella se quedó en Enugu dando clases en un colegio de secundaria, haciendo un máster de media jornada y yendo a los bautizos de los hijos de sus amigas mientras Tobechi conducía un taxi en Filadelfia para un nigeriano que estafaba a todos sus conductores porque no tenían papeles. Pasó otro año. Tobechi no podía enviar tanto dinero como quería porque casi todo iba a parar a lo que llamaba «arreglar los papeles». Los susurros de las tías de Kamara resonaban cada vez con más fuerza: «¿A qué está esperando ese chico? Si no sabe organizarse y mandar a buscar a su esposa, que lo diga. ¡El tiempo de la mujer es muy corto!». Durante sus conversaciones telefónicas ella percibía la tensión en su voz y lo consolaba, y a solas lo añoraba y lloraba, hasta que llegó el día: Tobechi telefoneó para decir que tenía la tarjeta de residencia delante de él y que ni siquiera era verde, como la llamaban allí.

Kamara nunca olvidaría lo viciado que le pareció el aire acondicionado cuando llegó al aeropuerto de Filadelfia. Todavía tenía en la mano el pasaporte, doblado en la página del visado de visita con el nombre de Tobechi como solicitante, cuando salió por la puerta de Llegadas, y ahí estaba él, con su piel clara, rollizo y riéndose. Habían pasado seis años. Se abrazaron. En el coche él le comentó que en los papeles constaba como soltero, y que se casarían de nuevo en Estados Unidos y tramitarían una tarjeta de residencia para ella. Cuando llegaron al apartamento, se quitó los zapatos y ella le miró los dedos de los pies, oscuros contra el linóleo blanquecino del suelo de la cocina, y se fijó en que estaban cubiertos de pelos. No recordaba que tuviera pelos en los dedos de los pies. Se quedó mirándolo mientras él hablaba, su igbo entremezclado con un inglés de acento como desganado. No había hablado así por teléfono. ¿O ella no se había dado cuenta? ¿Se debía a que era distinto verlo, y era al Tobechi de la universidad a quien había esperado encontrar? Él desenterraba recuerdos y se regocijaba con ellos. ¿Te acuerdas de la noche que compramos *suya* bajo la lluvia? Ella se acordaba. Se acordaba de que había estallado una tormenta de truenos y las bombillas parpadeaban, y se habían comido la carne a la parrilla reblandecida con cebollas crudas que le hicieron llorar los ojos. Se acordaba de que se habían despertado a la mañana siguiente con aliento a cebolla. También se acordaba de la relajada naturalidad que había caracterizado su relación. De pronto sus silencios eran incómodos, pero Kamara se dijo que las cosas mejorarían, después de todo llevaban demasiado tiempo separados. En la cama no sintió nada aparte de la gomosa fricción de piel contra piel; recordaba vívidamente cómo había sido, él silencioso, delicado y firme, ella ruidosa, agarrándolo y retorciéndose. Se preguntó si era el mismo Tobechi esa persona tan ansiosa y teatral que, aún más preocupante, había empezado a hablar con ese acento falso que le hacía querer abofetearlo. «Quiero follarte. Voy a follarte.» La primera semana que salió con ella para enseñarle Filadelfia, caminaron por el casco viejo hasta que ella se quedó agotada y él le pidió que lo esperara sentada en un banco mientras iba a comprarle una botella de agua. Al verlo acercarse de nuevo con sus tejanos ligeramente caídos y una camiseta, con el sol naranja detrás de él, Kamara pensó por un instante que no lo conocía. Él siempre volvía a casa de su nuevo empleo como gerente de Burger King con un pequeño regalo: el último número de *Essence*, una botella de Maltina de una tienda africana, una barrita de chocolate. El día que fueron a un juzgado para repetir los votos frente a una mujer de aspecto impaciente, él silbó alegremente mientras se hacía el nudo de la corbata y ella lo observó con una especie de desesperada tristeza, deseando intensamente compartir su alegría. Había sentimientos que quería retener en la palma de la mano y que simplemente ya no estaban allí.

Mientras él estaba en el trabajo, Kamara daba vueltas por el apartamento, veía la televisión y comía todo lo que había en la nevera, hasta margarina a cucharadas cuando se había terminado el pan. La ropa le apretaba por la cintura y las axilas, de modo que empezó a pasearse solo con su *abada* enrollado flojamente alrededor y anudado bajo el brazo. Por fin estaba en Estados Unidos con su buen hombre y todo lo que sentía era monotonía. Solo con Chinwe le parecía que podía hablar. Chinwe era la amiga que nunca le había dicho que era tonta de esperar a Tobechi, y si le decía que no le gustaba la cama pero que no quería levantarse de ella por las mañanas, entendería su desconcierto.

La llamó y Chinwe se echó a llorar después del primer hola y *kedu*. Otra mujer se había quedado embarazada de su marido y él iba a pagar la dote, porque Chinwe tenía dos hijas y la mujer venía de una familia de muchos varones. Kamara trató de tranquilizarla, furiosa contra el inútil del marido, y colgó sin decir una palabra sobre su vida; no podía quejarse de no tener zapatos cuando a la persona con la que hablaba le faltaban las dos piernas.

A su madre, cuando hablaba con ella por teléfono, le decía que todo iba bien.

—Pronto oiremos corretear piececitos —decía.

—*Ise!* —exclamaba Kamara para dar a entender que secundaba la bendición.

Y lo hacía; mientras Tobechi estaba encima de ella había empezado a cerrar los ojos, deseando quedarse embarazada, porque si eso no la sacudía de su abatimiento, al menos le daría algo en que ocupar la mente. Tobechi le había comprado anticonceptivos porque quería que se dieran un año para recuperar el tiempo perdido y disfrutar el uno del otro, pero ella tiraba cada día una pastilla al inodoro y se preguntaba cómo él no veía el gris que nublaba sus días, todo lo que se había interpuesto entre los dos. El lunes de la semana anterior, sin embargo, había advertido un cambio en ella.

—Estás animada hoy, Kam —dijo mientras la abrazaba esa noche.

Parecía feliz de verla animada. Ella se emocionó al mismo tiempo que lo lamentó, por saber algo que no podía compartir con él, por volver a creer en algo que nada tenía que ver con él. No podía decirle que Tracy había subido a la cocina y lo sorprendida que se había quedado porque había renunciado a saber qué clase de madre era.

—Hola, Kamara —había dicho, acercándose a ella—. Soy Tracy. —Su voz era profunda y su cuerpo femenino fluido, y tenía el jersey y las manos manchados de pintura.

—Ah, hola —dijo Kamara sonriendo—. Me alegro de conocerte por fin, Tracy.

Kamara le tendió una mano, pero Tracy se acercó y le sostuvo la barbilla.

—¿Has llevado aparatos alguna vez?

—¿Aparatos?

—Sí.

—No, no.

—Tienes una dentadura muy bonita.

Tracy seguía cogiéndole la barbilla, ladeándole ligeramente la cabeza, y Kamara se sintió primero como una niña adorada y luego como una novia. Volvió a sonreír. Era intensamente consciente de su cuerpo, de los ojos de Tracy, del espacio tan pequeño, pequeñísimo, que había entre ambas.

—¿Has posado alguna vez para un artista? —preguntó Tracy.

—No… no.

Josh entró en la cocina y corrió hacia Tracy con la cara iluminada.

—¡Mamá!

Tracy lo abrazó, lo besó y le desordenó el pelo.

—¿Has terminado de trabajar, mamá? —Él le agarró la mano.

—Aún no, cariño. —Parecía familiarizada con la cocina. Kamara había esperado que no supiera dónde estaban los vasos o cómo utilizar el filtro del agua—. Estoy tan atascada que se me ha ocurrido subir un rato. —Alisaba el pelo de Josh. Se volvió hacia Kamara—. Lo tengo atascado aquí, en la garganta, ¿sabes?

—Sí —dijo Kamara, aunque no lo sabía.

Tracy la miraba de un modo que Kamara sintió la lengua gruesa.

—Neil dice que tienes una licenciatura.

—Sí.

—Eso es estupendo. ¡Yo odié la universidad y no esperé a licenciarme!

Se rió. Kamara se rió. Josh se rió. Tracy hojeó el correo de la mesa, cogió un sobre y lo abrió, y volvió a dejarlo. Kamara y Josh la observaban en silencio. Luego se volvió.

—Bueno, supongo que será mejor que vuelva al trabajo. Hasta luego.

—¿Por qué no enseñas a Josh en qué estás trabajando? —preguntó Kamara, porque no podía soportar que se fuera.

Tracy se quedó parada ante la sugerencia, luego miró a Josh.

—¿Quieres verlo, tesoro?

—¡Sí!

En el sótano había un gran cuadro apoyado contra la pared.

—Es bonito —dijo Josh—. ¿Verdad, Kamara?

A ella solo le parecían pinceladas fortuitas de pintura brillante.

—Sí. Es muy bonito.

Le intrigaba más el sótano en sí, donde Tracy prácticamente vivía, el sofá hundido, las mesas abarrotadas y los tazones con restos de café. Tracy le hacía cosquillas a Josh y él se reía. Se acercó.

—Disculpa el desorden.

—Tranquila. —Quería ofrecerse a limpiar, lo que fuera con tal de quedarse allí.

—Neil dice que acabas de mudarte a Estados Unidos. Me encantaría que me hablaras de Nigeria. Estuve en Ghana hace un par de años.

—Oh. —Kamara metió el estómago—. ¿Te gustó?

—Mucho. Toda mi obra habla de la madre patria. —Tracy hacía cosquillas a Josh pero tenía los ojos clavados en Kamara—. ¿Eres yoruba?

—No, igbo.

—¿Qué significa tu nombre? ¿Lo pronuncio bien? ¿Kamara?

—Sí. Es la abreviatura de Kamarachizuoroany, «Que la gracia de Dios nos baste».

—Es bonito, musical. Kamara, Kamara, Kamara.

Kamara se imaginó a Tracy repitiéndolo otra vez pero a su oído, en un susurro. Kamara, Kamara, Kamara, diría mientras sus cuerpos se balanceaban al son del nombre.

Josh echó a correr con una brocha en la mano y Tracy fue tras él; se acercaron a Kamara. Tracy se detuvo.

—¿Te gusta tu trabajo, Kamara?

—Sí. —Kamara estaba sorprendida—. Josh es un buen chico.

Tracy asintió. Alargó una mano y volvió a acariciar la cara de Kamara con delicadeza. Le brillaban los ojos a la luz de las lámparas de halógeno.

—¿Te desnudarías para mí? —preguntó tan bajito que Kamara no estaba segura de si la había oído bien—. Te pintaría. Pero el cuadro no se parecería mucho a ti.

Kamara sabía que no respiraba como debía.

—No lo sé.

—Piénsalo —dijo Tracy, antes de mirar a Josh y decirle que tenía que volver al trabajo.

—Es la hora de tus espinacas —dijo Kamara demasiado fuerte, y subió las escaleras deseando haber dicho algo más atrevido, deseando que Tracy volviera a aparecer.

Últimamente Neil había empezado a dejar comer a Josh virutas de chocolate, después de leer en un nuevo libro que los edulcorantes sin azúcar eran carcinogénicos, de modo que el niño estaba comiendo su postre de yogur congelado cubierto de virutas de chocolate cuando se abrió la puerta del garaje.

Neil llevaba un traje oscuro brillante. Dejó el maletín en la encimera, saludó a Kamara y se inclinó hacia Josh.

—¡Hola, tesoro!

—Hola, papá. —Josh lo besó y se rió cuando Neil le pegó los labios en el cuello.

—¿Qué tal han ido tus prácticas de lectura con Kamara?

—Bien.

—¿Estás nervioso, tesoro? Lo harás genial, estoy seguro. Pero si no ganas no importa, porque habrás ganado igualmente a los ojos de papá. ¿Estás listo para ir a Zany Brainy? Será divertido. ¡La primera visita de Bola de Queso!

—Sí. —Josh apartó el plato y empezó a buscar algo en la cartera del colegio.

—Luego miraré tus deberes —dijo Neil.

—No encuentro los cordones de mis zapatos. Me los he quitado en el patio. —Josh sacó un papel de la cartera. Los cordones manchados de tierra estaban enrollados alrededor y los separó—. ¡Mira! ¿Recuerdas las tarjetas especiales del sabbat que estábamos haciendo en clase para la familia, papá?

—¿Es esa?

—¡Sí!

Josh le tendió un papel coloreado, moviéndolo de un lado para otro. Escritas con su letra precozmente bien delineada se leían las palabras: «Kamara, me alegro de que seamos familia. *Shabbat shalom*».

—Olvidé dártelo el pasado viernes, Kamara, así que tendré que esperar hasta mañana —dijo Josh con expresión solemne.

—Muy bien, Josh —respondió Kamara.

Aclaraba el plato para meterlo en el lavavajillas.

Neil cogió la carta.

—¿Sabes, Josh? —dijo devolviéndosela—. Es muy bonito que se lo des a Kamara, pero ella es tu canguro y tu amiga, y esto era para la familia.

—La señorita Leah dijo que podía hacerlo.

Neil miró a Kamara como pidiendo ayuda, pero Kamara desvió la vista y se concentró en abrir el lavavajillas.

—¿Podemos irnos ya, papá? —preguntó Josh.

—Claro.

Antes de que se fueran, Kamara dijo:

—Buena suerte, Josh.

Kamara los observó alejarse en el Jaguar de Neil. Se moría por bajar las escaleras y llamar a la puerta de Tracy para ofrecerle café, un vaso de agua, un sándwich. En el cuarto de baño se pasó la mano por su pelo recién trenzado, y se retocó el brillo de labios y el rímel, luego empezó a bajar las escaleras que conducían al sótano. Se detuvo muchas veces y retrocedió. Al final bajó corriendo y llamó a la puerta. Llamó una y otra vez.

Tracy abrió.

—Pensaba que ya te habías ido —dijo con expresión distante. Llevaba una camiseta descolorida y unos tejanos manchados de pintura, y tenía las cejas tan pobladas y rectas que parecían postizas.

—No. —Kamara se sintió incómoda. ¿Por qué no has subido desde el lunes de la semana pasada? ¿Por qué no se te han iluminado los ojos cuando me has visto?—. Neil y Josh acaban de irse a Zany Brainy. Toco madera para que gane mañana.

—Sí. —Había algo en la expresión de Tracy que Kamara temió que fuera impaciencia irritada.

—Estoy segura de que ganará.

—Es posible. —Tracy parecía estar retrocediendo, como si fuera a cerrar la puerta.

—¿Necesitas algo?

Despacio, Tracy sonrió. Dio un paso y se acercó mucho a Kamara, demasiado, pegándole la cara a la suya.

—Te desnudarás para mí —dijo.

—Sí. —Kamara metió barriga.

—Estupendo. Pero hoy no. Hoy no tengo un buen día.

Y desapareció dentro de la habitación.


Aun antes de que Kamara mirara a Josh la tarde siguiente supo que no había ganado. Estaba sentado frente a un plato de galletas, bebiendo un vaso de leche, con Neil de pie a su lado. Una rubia atractiva con tejanos ceñidos miraba las fotografías de Josh que había en la pared.

—Hola, Kamara. Acabamos de volver —dijo Neil—. Josh lo ha hecho genial. Realmente merecía ganar. Estaba claro que era el niño que más había trabajado.

Kamara desordenó el pelo de Josh.

—Hola, Joshy.

—Hola, Kamara —respondió Josh, y se metió una galleta en la boca.

—Esta es Maren, la profesora de francés de Josh —presentó Neil.

La mujer estrechó la mano de Kamara y entró en el despacho. Los tejanos se le clavaban en las ingles, llevaba demasiado colorete y no respondía para nada a la imagen de una profesora de francés.

—El maratón de lectura se ha superpuesto con la clase de francés y se me ha ocurrido que podrían darla aquí, y Maren ha tenido la amabilidad de decir que sí. ¿Te parece bien, Kamara?

—Por supuesto.

Y, de pronto, volvió a gustarle Neil, y le gustó cómo las persianas sesgaban la luz del sol que entraba en la cocina, y le gustó que la profesora de francés estuviera allí porque en cuanto empezara la clase, bajaría y preguntaría a Tracy cuándo le parecía bien que se desnudara. Llevaba un nuevo sujetador sin tirantes.

—Estoy preocupado —dijo Neil—. Creo que estoy consolándolo con una sobrecarga de azúcar. Le he dado dos chupa-chups. Y hemos parado en Bassin-Robbins.

Susurraba como si Josh pudiera oírlo. Era el mismo tono innecesariamente bajo que había utilizado para hablarle de los libros que había donado a la clase de preescolar de Josh del Temple Beth Hillel, libros que trataban de judíos etíopes, ilustrados con fotos de gente con la piel del color de la tierra bruñida, pero Josh dijo que la profesora nunca había leído

95

esos libros en clase. Kamara recordaba cómo Neil le había cogido las manos agradecido cuando ella había dicho «Le irá bien» refiriéndose a Josh, como si necesitara oírlo.

—Lo superará —dijo en esta ocasión.

Neil asintió despacio.

—No lo sé.

Ella le apretó la mano. Se sentía llena de generosidad de espíritu.

—Gracias, Kamara. —Neil hizo una pausa—. Será mejor que me vaya o llegaré tarde. ¿Te importa preparar tú la cena?

—En absoluto.

Kamara volvió a sonreír. Tal vez tuviera tiempo para bajar de nuevo al sótano mientras Josh cenaba y Tracy le pidiera que se quedara, entonces ella llamaría a Tobechi para decirle que había surgido algo urgente y que tenía que pasar la noche allí cuidando a Josh. La puerta del sótano se abrió. A Kamara le palpitaron las sienes de la emoción, y las palpitaciones se hicieron aún más intensas cuando Tracy apareció con sus mallas y su camisa manchada de pintura. Abrazó y besó a Josh.

—Tú eres mi ganador, tesoro. Mi ganador especial.

Kamara se alegró de que Tracy no besara a Neil, que solo se saludaran como un fraternal «hola».

—Hola, Kamara —dijo Tracy, y Kamara se dijo que la razón por la que no exteriorizaba su alegría al verla era porque no quería que Neil lo supiera.

Tracy abrió la nevera, cogió una manzana y suspiró.

—Estoy muy atascada. Muy atascada —dijo.

—Se te pasará —murmuró Neil. Luego, elevando la voz para que Maren lo oyera desde el despacho, añadió—: No conoces a Maren, ¿verdad?

Neil las presentó. Maren le tendió una mano y Tracy se la estrechó.

—¿Llevas lentillas? —preguntó.

—¿Lentillas? No.

—Tienes los ojos de un color de lo más original. Violeta. —Tracy seguía sosteniéndole la mano.

—¡Oh, gracias! —Maren se rió nerviosa.

—Son realmente violetas.

—Bueno…, sí, creo que sí.

—¿Has sido alguna vez modelo de artista?

—Uf…, no. —Más risitas.

—Deberías planteártelo.

Se llevó la manzana a la boca y dio un mordisco sin dejar de estudiar la cara de Maren. Neil las observaba con una sonrisa indulgente y Kamara desvió la mirada. Se sentó al lado de Josh y cogió una galleta de su plato.

# JUMPING MONKEY HILL

Todas las cabañas tenían el techo de paja. Los nombres, como el Refugio del Babuino y la Guarida del Puercoespín, estaban pintados a mano al lado de las puertas de madera que se abrían a unos senderos pavimentados, y las ventanas se dejaban entornadas para que los huéspedes se despertaran con el susurro de las hojas de jacarandá, y el relajante y acompasado romper de las olas. En las bandejas de mimbre había una selección de infusiones. A media mañana unas discretas criadas negras hacían la cama, limpiaban la elegante bañera, aspiraban la alfombra y dejaban flores silvestres en unos jarrones artesanales. A Ujunwa le parecía extraño que el Taller de Escritores Africanos tuviera lugar en Jumping Monkey Hill, un centro vacacional en las afueras de Ciudad del Cabo. El nombre en sí era incongruente y todo él rezumaba la complacencia de los bien alimentados, la clase de lugar donde imaginaba a los turistas ricos haciendo fotos a los lagartos y volviendo a casa casi sin haberse percatado de que había más gente negra que lagartos con la cabeza roja en Sudáfrica. Más tarde se enteraría de que lo había elegido Edward Campbell; había pasado varios fines de semana allí hacía años, cuando era profesor de la Universidad de Ciudad del Cabo.

Pero ella no lo sabía la tarde que Edward fue a recogerla al aeropuerto, un anciano con sombrero que sonrió dejando ver dos dientes delanteros de color mohoso. La besó en las mejillas. Le preguntó si había tenido problemas con su billete prepagado en Lagos, si le importaba esperar al ugandés cuyo avión no tardaría en aterrizar, si tenía hambre. Le dijo que su esposa Isabel había recogido ya a la mayoría de los participantes del taller, y que sus amigos Simon y Hermione, que habían sido contratados desde Londres, estaban preparando un almuerzo de bienvenida en el centro vacacional. Se sentaron en un banco de la sala de llegadas. Él sostenía contra el hombro un letrero con el nombre del ugandés, y comentó lo húmeda que era Ciudad del Cabo en esa época del año y lo satisfecho que estaba con los preparativos del taller. Alargaba las palabras. Tenía la clase de acento que los británicos describían como «pijo» y que los nigerianos ricos intentaban imitar, resultando muy graciosos sin proponérselo. Ujunwa se preguntó si era él quien la había seleccionado para el taller. Probablemente no; era el British Council el que había puesto el anuncio y había seleccionado a los mejores.

Edward se había movido poco a poco hasta sentarse muy cerca de ella. Le preguntó a qué se dedicaba en Nigeria. Ujunwa fingió un gran bostezo y esperó que dejara de hablar. Él repitió la pregunta y quiso saber si había pedido permiso en el trabajo para asistir al taller. La observaba con atención. Podría haber tenido entre sesenta y cinco y noventa años. No sabía calcular la edad en su cara, que era agradable pero informe, como si Dios al crearlo lo hubiera golpeado contra una pared y le hubiera borrado las facciones. Ella sonrió vagamente y dijo que trabajaba en la banca, pero había perdido el empleo poco antes de irse de Lagos y no había tenido necesidad de pedir permiso. Volvió a bostezar. Él pareció interesado en saber más y ella dijo que prefería no hablar de ello, y cuando levantó la mirada y vio al ugandés acercarse a ellos, se sintió aliviada.

El ugandés parecía soñoliento. De treinta y pocos años, tenía la cara cuadrada, la piel oscura y el pelo enredado en extrañas pelotas. Se inclinó al estrechar la mano a Edward con las dos manos, luego se volvió hacia Ujunwa y murmuró un «hola». Se sentó en el asiento delantero del Renault. El trayecto hasta el centro vacacional fue largo, por carreteras peligrosamente excavadas en colinas empinadas, y a Ujunwa le preocupó que Edward fuera demasiado viejo para conducir tan deprisa. Contuvo la respiración hasta que llegaron a un conjunto de cabañas con techo de paja entre senderos bien cuidados. Una rubia sonriente le enseñó su cabaña, el Escondrijo de la Cebra, donde había una cama de columnas y sábanas de lino con olor a lavanda. Ujunwa se sentó un momento en la cama, luego se levantó para deshacer el equipaje, mirando de vez en cuando por la ventana por si veía monos entre las ramas de los árboles.

Por desgracia no había, dijo más tarde Edward a los participantes mientras comían bajo sombrillas rosadas en la terraza, en mesas colocadas contra la barandilla para que pudieran contemplar el mar turquesa. Los señaló uno a uno, presentándolos. La sudafricana blanca era de Durban, mientras que el sudafricano negro era de Johannesburgo. El tanzano era de Arusha, el ugandés de Entebe, la zimbabuense de Bulawayo, el keniata de Nairobi y la senegalesa, la más joven del grupo con veintitrés años, había volado desde París, donde estudiaba en la universidad.

Edward presentó por último a Ujunwa.

—Ujunwa Ogundu es nuestra participante nigeriana y vive en Lagos.

Ujunwa miró a los demás comensales tratando de decidir con cuáles iba a congeniar. La senegalesa era la que más prometía, con un brillo irreverente en los ojos, acento francófono y vetas plateadas en sus gruesos rizos rastas. La zimbabuense tenía los rizos más largos y más finos, y los cauríes que colgaban de ellos tintineaban cuando movía la cabeza de un lado a otro. Parecía hiperactiva, y Ujunwa pensó que podría gustarle solo por su manera de beber alcohol, en pequeñas cantidades. El keniata y el tanzano tenían un aspecto corriente, casi indistinguible, hombres altos de frente ancha y barba desgreñada, con una camisa estampada de manga corta. Pensó que le caerían bien de esa forma involuntaria en que te cae bien la gente que no parece amenazante. No estaba segura de los sudafricanos; la blanca de expresión circunspecta, sin rastro de humor ni de maquillaje, y el negro de aspecto santurrón, como un testigo de Jehová que va pacientemente de puerta en puerta y sonríe cuando la cierran en sus narices. En cuanto al ugandés, le había caído gordo desde el aeropuerto, y era por sus respuestas aduladoras, el modo en que se echaba hacia delante para hablar con Edward ignorando a los demás participantes. Ellos, a su vez, apenas se dirigían a él. Todos sabían que había recibido el último Premio Lipton a Escritores Africanos, dotado con quince mil libras. No lo integraron en la educada conversación sobre sus vuelos.

Después de comer el cremoso pollo con hierbas y de beber el agua con gas que venía en botellas brillantes, Edward se levantó para pronunciar el discurso de bienvenida. Entornaba los ojos al hablar, y su pelo ralo ondeaba con la brisa que olía a mar. Empezó a decir lo que ya sabían: que el taller duraría dos semanas; que había sido idea suya pero que, por supuesto, lo había financiado la Chamberlain Arts Foundation, del mismo modo que el Premio Lipton a Escritores Africanos había sido idea suya y también lo había financiado la generosa fundación; que se esperaba que cada participante presentara un relato que era muy posible que se publicara en *Oratory*; que todas las cabañas estarían provistas de un ordenador portátil; que lo escribirían a lo largo de la primera semana y harían una puesta en común en la segunda, y que el taller lo dirigiría el ugandés. Luego habló de sí mismo, de cómo durante cuarenta años había hecho de la literatura africana su causa, una pasión de toda una vida que había empezado en Oxford. Miraba a menudo hacia el ugandés, quien asentía ansioso por responder cada mirada. Al final presentó a su mujer, Isabel, aunque ya la conocíamos todos. Explicó que era una activista de los derechos de los animales y una gran conocedora de África que había pasado su adolescencia en Botswana. Pareció sentirse orgulloso cuando ella se levantó, como si su alta y delgada gracilidad compensara la falta de atractivo por parte de él. Isabel tenía el pelo de un rojo desvaído, cortado con unos mechones desfilados que le enmarcaban el rostro. Se pasó una mano por él mientras decía: «Edward, la verdad, una presentación». Pero Ujunwa imaginó que ella había querido que la presentara, que tal vez hasta se lo había recordado. Vamos, cariño, acuérdate de presentarme como es debido durante la comida. El tono debía de haber sido delicado.

Al día siguiente, durante el desayuno, Isabel utilizó ese mismo tono cuando se sentó al lado de Ujunwa y comentó que, con esa estructura ósea tan exquisita, debía de venir de la familia real nigeriana. Ujunwa de entrada estuvo tentada de preguntarle si necesitaba sangre real para explicar el aspecto físico de sus amigos londinenses. Pero en lugar de ello respondió, porque no pudo contenerse, que, en efecto, era princesa de un linaje muy antiguo, y que uno de sus antepasados había capturado a un comerciante portugués en el siglo XVII y lo había tenido cautivo y untado en aceites en una jaula regia. Se detuvo para beber un sorbo de jugo de arándanos rojos y sonreír hacia su vaso. Isabel respondió encantada que siempre distinguía la sangre real, y que era horrible, sencillamente horrible, la cantidad de gorilas en peligro de extinción que estaban matando y que ni siquiera los mataban para comerlos, que por mucho que se hablara de la carne de caza furtiva, solo usaban las partes pudendas para hacer hechizos.

Después de desayunar, Ujunwa llamó a su madre y le habló del centro vacacional y de Isabel, y se quedó satisfecha cuando su madre se rió. Colgó y se sentó frente al ordenador, y pensó en lo mucho que hacía que su madre no se reía. Se quedó largo rato ahí sentada, moviendo el ratón, tratando de decidir si poner al personaje un nombre común, como Chioma, o algo más exótico, como Ibari.

Chioma vive con su madre en Lagos. Es licenciada en económicas por la universidad de Nsukka, hace poco terminó su Servicio Nacional Juvenil, y todos los jueves se compra *The Guardian*, estudia la sección de ofertas de empleo y envía su currículum en sobres de papel manila. Durante semanas nadie contesta. Finalmente recibe una llamada en la que le piden una entrevista. Después de unas pocas preguntas el hombre dice que el empleo es suyo, luego cruza la habitación, se detiene detrás de ella y le rodea la espalda con los brazos para apretarle los pechos. «¡Estúpido! ¡No puedes respetarte a ti mismo!», exclama ella, y se marcha. Siguen semanas de silencio. Ayuda a su madre en la tienda. Envía más cartas. En la siguiente entrevista la mujer, que habla con el acento más falso y ridículo que Chioma ha oído nunca, dice que está buscando a alguien educado en el extranjero, y Chioma casi se ríe cuando se va. Más semanas de silencio. Hace meses que Chioma no ve a su padre y decide ir a su nueva oficina de Isla Victoria para preguntarle si puede ayudarla a buscar empleo. El encuentro es tenso.

«¿Por qué no has venido antes, eh?», pregunta él fingiendo estar enfadado, porque ella sabe que es más fácil para él enfadarse, es más fácil enfadarse con las personas después de haberles hecho daño.

Él hace unas cuantas llamadas. Le da un delgado fajo de billetes de doscientos nairas enrollados. No le pregunta por su madre. Ella se fija en la foto de la Mujer Amarilla que hay encima de su escritorio. Su madre se la describió bien. «Es muy rubia, parece mestiza, y el caso es que ni siquiera es guapa, tiene la cara de un *pawpaw* demasiado maduro.»

La araña de luces del comedor principal del Jumping Monkey Hill colgaba tan baja que Ujunwa podría haberla tocado con la mano. En un extremo de la larga mesa cubierta con mantel blanco estaba sentado Edgard, en el otro, Isabel, y entre ambos, los participantes. Los suelos de madera crujían ruidosamente mientras los camareros se movían alrededor repartiendo las cartas del menú. Medallones de avestruz. Salmón ahumado. Pollo en salsa de naranja. Edward insistió en que probaran la carne de avestruz. Era sencillamente «de-li-cio-sa». A Ujunwa no le gustó la idea de comerse una avestruz, ni siquiera sabía que la gente comía avestruces, y cuando lo comentó, él se rió de buen humor y respondió que, por supuesto, era un plato típico en África. Todos los demás pidieron avestruz, y cuando llegó el pollo de Ujunwa, demasiado cítrico, ella se preguntó si debería haber pedido avestruz. De todos modos parecía carne de vaca. Bebió más vino del que había bebido en toda su vida, dos copas, y notó que se sosegaba mientras hablaba con la senegalesa de la mejor forma de cuidar el pelo natural: evitar productos de silicona, aplicar mucha manteca de karité, peinarlo solo cuando está mojado. Oyó sin querer fragmentos de la conversación de Edward sobre el vino: el Chardonnay era insoportablemente aburrido.

Después los participantes se reunieron en la glorieta, excepto el ugandés, que se sentó aparte con Edward e Isabel. Todos apartaban a manotazos los insectos voladores mientras bebían vino, se reían y bromeaban: ¡Los keniatas sois tan sumisos…! ¡Y los nigerianos, tan agresivos…! ¡Los tanzanos no tenéis gusto para vestiros! ¡A vosotros los senegaleses os han lavado el cerebro los franceses! Todos hablaron de la guerra del Sudán, del declive de la colección African Writers Series, de libros y escritores. Estuvieron de acuerdo en que Dambudzo Marechera era asombroso, Alan Paton condescendiente e Isak Dinesen imperdonable. El keniata adoptó un acento europeo genérico y, entre calada y calada de cigarrillo, repitió lo que había dicho Isak Dinesen de que todos los niños kikuyu se habían vuelto retrasados mentales a los nueve años. Todos se rieron. La zimbabuense comentó que Achebe era un plomo y no hacía nada con estilo, y el keniata replicó que eso era un sacrilegio y le quitó la copa de vino hasta que la zimbabuense se retractó riéndose y diciendo que, por supuesto, Achebe era sublime. La senegalesa confesó que casi había vomitado cuando un profesor de la Sorbona le había dicho que Conrad no estaba en realidad de su lado, como si ella no pudiera decidir por sí misma quién estaba de su lado y quién no. Ujunwa empezó a dar botes en su asiento balbuceando tonterías sin sentido para imitar a los africanos de Conrad, notando la dulce ligereza del vino en la cabeza. La zimbabuense se tambaleó y cayó en la fuente de agua, y salió farfullando con sus rizos rastas mojados, diciendo que había un pez retorciéndose allí dentro. El keniata anunció que utilizaría ese material para su relato, el pez en la elegante fuente del centro vacacional, ya que no tenía ni idea de sobre qué escribir. La senegalesa dijo que su relato trataba de ella en realidad, de cuánto había llorado la muerte de su novia y cómo el dolor la había infundido valor para acudir a sus padres, aunque ellos trataban su lesbianismo como una pequeña broma y no paraban de hablarle de familias de jóvenes casaderos. El sudafricano negro pareció alarmarse al oír el término «lesbianismo». Se levantó y se alejó. El keniata dijo que los sudafricanos negros le recordaban a su padre, que iba a la iglesia del Holy Spirit Revival y no dirigía la palabra a la gente de la calle porque no iban a salvarse. La zimbabuense, el tanzano, el sudafricano blanco y la senegalesa hablaron también de sus padres.

Miraron a Ujunwa, y ella se dio cuenta de que era la única que no había dicho nada y por un momento el vino dejó de ofuscarle la mente. Se encogió de hombros y murmuró que tenía poco que decir de su padre. Era una persona normal y corriente.

—¿Forma parte de tu vida? —preguntó la senegalesa, cuyo tono suave daba a entender que creía que no, y por primera vez su acento francófono irritó a Ujunwa.

—Sí, forma parte de mi vida —respondió con una fuerza silenciosa—. Fue él quien me compró libros cuando era niña, y quien me leyó los primeros poemas y relatos.

Se calló y todos la miraron.

—Hizo algo que me sorprendió —añadió—. También me dolió, pero sobre todo me sorprendió.

La senegalesa parecía querer preguntar algo más, pero cambió de opinión y pidió más vino.

—¿Estás escribiendo sobre tu padre? —preguntó el keniata y Ujunwa respondió con un «no» enfático, porque nunca había creído en la ficción como terapia.

El tanzano dijo que toda la ficción era terapia, una clase de terapia, no importaba lo que dijera la gente.

Esa noche Ujunwa trató de escribir, pero le escocían los ojos y le dolía la cabeza, y se acostó. Después de desayunar, se sentó frente al ordenador con una taza de té en las manos.

Chioma recibe una llamada del Merchant Trust Bank, uno de los lugares a los que ha llamado su padre, que conoce al presidente de la junta directiva. Está esperanzada; todos los empleados de banco que conoce conducen bonitos Jettas de segunda mano y tienen bonitos pisos en Gbagada. La entrevista el subdirector. Es moreno y bien parecido, y lleva unas gafas con un elegante logo de diseño en la montura. Mientras le habla, ella desea desesperadamente que se fije en ella. Él no lo hace. Le dice que les gustaría contratarla para marketing, lo que significa salir en busca de cuentas. Trabajará con Yinka. Si consigue traer diez millones de nairas en el período de prueba, tendrá garantizado un puesto fijo. Ella asiente mientras él habla. Está acostumbrada a recibir la atención de los hombres y le molesta que él no la mire como un hombre mira a una mujer, y no entiende lo que significa salir en busca de nuevas cuentas hasta que empieza el empleo dos semanas después. Un chófer uniformado las lleva a Yinka y a ella en un jeep oficial con aire acondicionado —ella desliza una mano por el suave cuero del asiento, reacia a subirse— hasta la casa de un *alhaji* de Ikoyi. El *alhaji* se muestra amable y expansivo con su sonrisa, sus gestos y su risa. Yinka ya ha ido a verlo unas cuantas veces, y él la abraza y dice algo que le hace reír. Mira a Chioma.

—Esta es demasiado refinada.

Un mayordomo les sirve copas heladas de champán. El *alhaji* habla con Yinka, pero mira a menudo a Chioma. Luego pide a Yinka que se acerque y ella le explica las cuentas de ahorro de interés alto, y él le dice que se siente en su regazo, ¿y no cree que es lo bastante fuerte para cogerla en brazos? Yinka dice que por supuesto que lo es y se sienta en su regazo, sonriendo con serenidad. Es una chica menuda de tez clara; a Chioma le recuerda a la Mujer Amarilla.

Todo lo que Chioma sabe de la Mujer Amarilla es lo que le ha contado su madre. Una tarde de poco movimiento en la tienda de su madre en Adeniran Ogunsaya Street entró la Mujer Amarilla. Su madre sabía quién era, sabía que hacía un año que estaba con su marido, sabía que él le había pagado el Honda Accord y su piso en Ilupeju. Pero lo que le enfureció fue que la Mujer Amarilla entrara en su tienda, mirara unos zapatos y pensara pagarlos con dinero que pertenecía en realidad a su marido. De modo que le arrancó la tela que llevaba colgada de la espalda y gritó «¡Ladrona de maridos!», y las dependientas se acercaron, y abofetearon y pegaron a la Mujer Amarilla hasta que salió corriendo hacia su coche. Cuando el padre de Chioma se enteró, gritó a su madre y dijo que había actuado como una de esas mujeres locas que se veían por la calle, que lo había deshonrado a él, a ella misma y a una mujer inocente por nada. Y se marchó de casa. Cuando Chioma regresó del Servicio Nacional de la Juventud, vio que el armario de su padre estaba vacío. Tía Elohor, tía Rose y tía Uche habían ido a ver a su madre y le habían dicho: «Estamos dispuestas a ir contigo para que le supliques que vuelva a casa, o a ir nosotras solas y suplicar en tu nombre». Pero la madre de Chioma respondió: «Por nada en el mundo. No pienso suplicar. Ya es suficiente». Tía Funmi llegó y dijo que la Mujer Amarilla lo había encadenado con una medicina y que conocía un buen *baalawo* que podía liberarlo. La madre de Chioma replicó: «No, no voy a ir». La boutique empezó a tener pérdidas porque el padre de Chioma siempre le había ayudado a importar zapatos de Dubai. De modo que bajó los precios, se anunció en *Joy* y en *City People*, y empezó a importar zapatos de Aba. Chioma lleva un par de esos zapatos la mañana que se sienta en la salita del *alhaji* y observa a Yinka, sentada en el amplio regazo, hablando de los beneficios de una cuenta de ahorros con Merchant Trust Bank.

Al principio trató de obviar que Edward le miraba a menudo el cuerpo, que nunca se detenía en la cara sino más abajo. Los días del taller habían seguido una rutina: el desayuno se servía a las ocho, la comida a la una y la cena a las seis en el suntuoso comedor. El sexto día, de un calor bochornoso, Edward repartió copias del primer relato que iban a comentar, el que había escrito la zimbabuense. Los participantes estaban sentados en la terraza y, después de repartir los papeles, Ujunwa se fijó en que todos los asientos con sombrilla estaban ocupados.

—No me importa sentarme al sol. ¿Quieres que me levante, Edward? —ofreció.

—Preferiría que te tumbaras —respondió él.

Fue un momento húmedo, denso; a lo lejos cantó un pájaro. Edward sonreía. Solo lo habían oído el ugandés y el tanzano. El primero se rió. Y Ujunwa también se rió, porque era gracioso e ingenioso, si lo pensabas, se dijo. Después de comer dio un paseo con la zimbabuense y cuando se detuvieron a recoger conchas en la playa, Ujunwa quiso decirle lo que le había dicho Edward. Pero la zimbabuense parecía absorta y se mostró menos comunicativa que de costumbre; probablemente estaba nerviosa porque iban a comentar su relato. Ujunwa ya lo había leído. El estilo le había parecido demasiado florido, pero le gustaba la historia y había escrito comentarios y cuidadosas sugerencias en los márgenes. Era una historia ocurrente y familiar sobre un maestro de secundaria harare cuyo pastor pentecostal les dice a él y a su mujer que no tendrán descendencia hasta que obtengan una confesión de las brujas que le han atado el útero a ella. Están convencidos de que las brujas son los vecinos de al lado y cada mañana rezan en voz alta arrojando sobre la verja bombas verbales del Espíritu Santo.

Después de que la zimbabuense hubo leído un extracto al día siguiente, se hizo un breve silencio alrededor de la mesa de comedor. Luego la ugandesa tomó la palabra y dijo que era una prosa muy vigorosa. La sudafricana blanca asintió con entusiasmo. El keniata no compartía su opinión. Muchas de las frases se esforzaban tanto por sonar literarias que no tenían sentido, señaló, y leyó en voz alta una para demostrarlo. El tanzano dijo que había que mirar el relato como un todo y no por partes. El keniata le dio la razón, pero cada parte tenía que tener sentido para que también lo tuviera el todo. A continuación habló Edward. Sin duda tenía una forma de escribir ambiciosa, pero la historia en sí decía a gritos: ¿Y qué? Había algo terriblemente anticuado en ella si uno se paraba a pensar en todo lo que estaba ocurriendo en Zimbabwe con el horrible Mugabe. Ujunwa se quedó mirando a Edward. ¿Qué quería decir con «anticuado»? ¿Cómo podía ser anticuada una historia tan sincera? Pero no se lo preguntó, como tampoco se lo preguntaron el keniata y el ugandés, y todo lo que hizo la zimbabuense fue apartarse los rizos rasta de la cara haciendo tintinear los cauríes. Todos los demás guardaron silencio. Pronto empezaron a bostezar, se dieron las buenas noches y se dirigieron a sus cabañas.

Al día siguiente no mencionaron la noche anterior. Hablaron de lo ligeros que eran los huevos revueltos y el inquietante susurro de las hojas de las jacarandas que se agitaban contra las ventanas por la noche. Después de cenar la senegalesa leyó en voz alta su relato. Era una noche de mucho viento y cerraron la puerta para no oír el ruido de los árboles sacudiéndose. El humo de la pipa de Edward se elevaba en la habitación. La senegalesa leyó dos páginas de una escena de funeral, deteniéndose a menudo para beber agua, con un acento cada vez más marcado a medida que aumentaba la emoción, cada *t* resonando como una *z*. Después todos se volvieron hacia Edward, incluso el ugandés, que parecía haber olvidado que era él quien dirigía el taller. Edward masticó la pipa pensativo antes de decir que esa clase de historias sobre homosexuales no eran representativas de África.

—¿Qué África? —balbuceó Ujunwa.

El sudafricano negro cambió de postura en su silla. Edward mordió más la pipa, luego miró a Ujunwa como uno miraría a una niña que no quiere estarse quieta en la iglesia y dijo que no hablaba como un africanista formado en Oxford, sino como alguien que tenía interés en el África real y no en la imposición de las ideas occidentales sobre los habitantes africanos. La zimbabuense, el tanzano y la sudafricana blanca empezaron a sacudir la cabeza mientras hablaba.

—Puede que estemos en el año 2000, pero ¿hasta qué punto es africano que alguien anuncie a su familia que es homosexual? —preguntó Edward.

La senegalesa estalló en un francés incomprensible y tras un torrente de palabras, dijo:

—¡Soy senegalesa! ¡Soy senegalesa!

Edward respondió en un francés igual de rápido, luego añadió en inglés con una sonrisa encantadora:

—Creo que has tomado demasiado de ese excelente Burdeos.

Y varios de los participantes se rieron.

Ujunwa fue la primera en retirarse. Estaba cerca de su cabaña cuando oyó a alguien llamarla y se detuvo. Era el keniata. Lo acompañaban la zimbabuense y la sudafricana blanca.

—Vamos al bar —dijo.

Ella se preguntó dónde estaba la senegalesa. En el bar, se bebió una copa de vino y los oyó hablar de las miradas de recelo que les lanzaban los demás huéspedes de Jumping Monkey Hill, todos blancos. El keniata comentó que el día anterior una pareja joven se había detenido y retrocedido un poco cuando se había acercado a ellos por el sendero de la piscina. La sudafricana blanca dijo que a ella también la habían mirado con recelo, tal vez porque solo llevaba caftanes con estampados kente. Allí sentada, mirando hacia la noche negra y escuchando las voces suavizadas por el alcohol que la rodeaban, Ujunwa sintió un estallido de odio a sí misma en el fondo del estómago. No debería haberse reído cuando Edward le había dicho: «Preferiría que te tumbaras». No había tenido absolutamente ninguna gracia. Lo había detestado, como había detestado la sonrisa de su cara, los dientes verdosos que había entrevisto, o cómo le había recorrido todo el cuerpo con la mirada, deteniéndose en los pechos en lugar de la cara, y sin embargo se había obligado a reír como una hiena enajenada. Dejó la copa de vino medio vacía y dijo:

—Edward no aparta los ojos de mi cuerpo.

El keniata, la sudafricana blanca y la zimbabuense se quedaron mirándola.

—Edward no aparta los ojos de mi cuerpo —repitió.

El keniata señaló que desde el primer día había estado claro que el hombre se montaba sobre el palo liso de su mujer deseando que fuera Ujunwa; la zimbabuense corroboró que los ojos de Edward siempre miraban a Ujunwa con lujuria; la sudafricana blanca observó que Edward nunca miraría así a una blanca, porque lo que sentía por Ujunwa no era respetuoso.

—¿Lo habéis notado todos? —preguntó ella—. ¿Lo habéis notado todos?

Se sintió extrañamente traicionada. Se levantó y fue a su cabaña. Llamó a su madre, pero la voz metálica no paraba de decir «El número que ha marcado no está disponible. Por favor, inténtelo más tarde», y colgó. No pudo escribir. Se acostó y estuvo tanto tiempo despierta que cuando por fin se durmió amanecía.

Esa noche el tanzano leyó un fragmento de su relato sobre las matanzas del Congo desde el punto de vista de un miliciano, un hombre lleno de violencia lasciva. Edward dijo que sería el principal relato de *Oratory*, que era apremiante y trascendental, y que informaba. Ujunwa pensó que parecía un artículo sacado de *The Economist* con personajes de caricatura. Pero no lo dijo. Fue a su cabaña y, aunque le dolía el estómago, encendió el ordenador.

Mientras Chioma observa a Yinka, sentada en el regazo del *alhaji*, tiene la sensación de estar actuando en una obra dramática. En el colegio escribió piezas de teatro. Su clase representó una para la celebración del aniversario del colegio, y cuando terminó hubo una ovación de pie y el director exclamó: «¡Chioma es nuestra futura estrella!». Su padre estaba allí sentado al lado de su madre, aplaudiendo y sonriendo. Pero cuando ella anunció su intención de estudiar literatura en la universidad, él respondió que no era viable. Utilizó la palabra «viable». Dijo que tenía que estudiar otra carrera y que siempre podría escribir como actividad complementaria. El *alhaji* recorre el brazo de Yinka con un dedo, diciendo: «Pero sabes que el Savanna Union Bank me envió gente la semana pasada». Yinka sigue sonriendo y Chioma se pregunta si no le duelen las mejillas. Piensa en los relatos que guarda dentro de una caja metálica debajo de la cama. Su padre los ha leído todos y a veces ha escrito algo en los márgenes: «¡Excelente!», «¡Tópico!», «¡Muy bueno!», «¡Poco claro!». Era él quien le había comprado novelas; su madre creía que eran una pérdida de tiempo y que lo que necesitaba eran libros de texto.

—¡Chioma! —la llama Yinka, y ella levanta la vista.

El *alhaji* está hablándole. Parece casi tímida y él no la mira a los ojos. Hay una indecisión en él que no muestra hacia Yinka.

—Decía que eres demasiado refinada. ¿Cómo es que aún no se ha casado contigo ningún pez gordo?

Chioma sonríe y no dice nada.

—He accedido a hacer negocios con Merchant Trust Bank —dice el *alhaji*—, pero tú serás mi contacto personal.

Chioma no sabe qué decir.

—Por supuesto —dice Yinka—. Ella será su contacto personal. Nos ocuparemos de usted. ¡Gracias, señor!

El *alhaji* se levanta.

—Venid, venid, tengo buenos perfumes de mi último viaje a Londres. Dejad que os dé algo para que os llevéis. —Empieza a entrar, y se vuelve—. Venid, venid las dos.

Yinka lo sigue. Chioma se levanta. El *alhaji* se vuelve de nuevo para esperarla. Pero ella no lo sigue. Se vuelve hacia la puerta, la abre y sale a la brillante luz del sol, pasa junto el jeep donde el chófer las espera sentado con la puerta abierta, escuchando la radio.

—¿Tía? ¿Qué ha pasado, tía? —grita.

Ella no contesta. Camina, camina sin parar, cruza las altas verjas y sale a la carretera, donde detiene un taxi y va a la oficina para recoger las cosas de su escritorio casi vacío.

Ujunwa se despertó con el rumor del mar y con un nudo en el estómago a causa de los nervios. No quería leer su historia esa noche. Tampoco quería bajar a desayunar, pero lo hizo y dio los buenos días en general con una sonrisa general. Se sentó al lado del keniata, y él se inclinó hacia ella y le susurró que Edward acababa de decir a la senegalesa que había soñado con su ombligo desnudo. Su ombligo desnudo. Ujunwa vio a la senegalesa llevarse la taza delicadamente a los labios mirando el mar con expresión risueña y envidió su serena confianza. También estaba molesta por el hecho de que Edward se hubiera insinuado a alguien más, y se preguntó qué significaba esa reacción. ¿Había llegado a creerse que las miradas lascivas eran exclusivamente para ella? Se sentía incómoda pensando en ello así como ante la perspectiva de leer su relato esa noche, y después de comer se detuvo junto a la senegalesa para preguntarle qué había contestado cuando Edward le había hablado de su ombligo desnudo.

La senegalesa se encogió de hombros y dijo que, por mucho que el tipo soñara, ella seguía siendo lesbiana y no había tenido necesidad de responder.

—Pero ¿por qué no decimos nada? —preguntó Ujunwa. Alzó la voz y miró a los demás—. ¿Por qué nunca decimos nada?

Se miraron. El keniata dijo al camarero que el agua se estaba calentando y si podía ir a buscar más hielo. El tanzano preguntó al camarero de qué parte de Malawi era. El keniata preguntó si los cocineros también eran de Malawi como parecían ser todos los camareros. Luego la zimbabuense dijo que le traía sin cuidado de dónde eran los cocineros porque la comida era asquerosa, todo carne y crema. Siguieron otros comentarios, pero Ujunwa no estaba segura de quién había dicho qué. Imaginaos una reunión africana sin arroz, y que por qué estaba vedada la cerveza en la mesa de comedor solo porque Edward creía más apropiado el vino, y que las ocho era demasiado temprano para desayunar, por mucho que Edward dijera que era la hora «adecuada», y el olor de su pipa era nauseabundo, y que a ver si decidía qué quería fumar y dejaba de liarse cigarrillos a mitad de pipa.

Solo el sudafricano negro guardó silencio. Con las manos juntas en el regazo, parecía desvalido antes de decir que Edward solo era un anciano que no quería hacer daño a nadie. Ujunwa le gritó:

—¡Por esta clase de actitud os masacraron y os llevaron a distritos segregados, y tuvisteis que pedir permiso para caminar por vuestra propia tierra!

Se interrumpió en el acto y se disculpó. No debería haberlo dicho. No había sido su intención alzar la voz. El sudafricano negro se encogió de hombros, como si comprendiera que el diablo siempre haría su trabajo. El keniata observaba a Ujunwa. Le dijo, en voz baja, que estaba enfadada por algo más aparte de Edward, y ella desvió la mirada y se preguntó si «enfadada» era la palabra adecuada.

Más tarde fue a la tienda de souvenirs con el keniata, la senegalesa y el tanzano, y se probaron las joyas de marfil falso. Se burlaron del interés del tanzano en la joyería; ¿tal vez también era gay? Él se rió y dijo que sus posibilidades eran ilimitadas. Luego añadió, más serio, que Edward tenía contactos y que podía presentarlos a un agente en Londres; que no había necesidad de ponerse en contra de él, no había necesidad de cerrar las puertas a la oportunidad. No quería acabar dando clases aburrido en Arusha. Hablaba a todos, pero tenía los ojos clavados en Ujunwa.

Ella se compró un collar y se lo puso, y le gustó cómo quedaba el colgante blanco en forma de diente contra el cuello. Esa noche Isabel sonrió cuando lo vio.

—Ojalá la gente se convenciera de una vez de que el marfil falso parece auténtico y dejara tranquilos a los animales —observó.

Ujunwa sonrió radiante y dijo que en realidad era marfil auténtico, y se preguntó si debía añadir que ella misma había matado el elefante en una cacería real. Isabel pareció sorprendida y a continuación dolida. Ujunwa toqueteó el plástico. Necesitaba relajarse, y eso mismo se repitió una y otra vez cuando se disponía a leer su relato. Cuando terminó, el ugandés fue el primero en tomar la palabra. Comentó la garra que tenía la historia y lo verosímil que era, y la seguridad de su tono sorprendió a Ujunwa aún más que sus palabras. El tanzano señaló que había descrito muy bien Lagos, los olores y los sonidos, y que era increíble lo parecidas que eran todas las ciudades tercermundistas. La sudafricana blanca comentó que le horrorizaba el término tercermundista, pero que le había entusiasmado el realismo con que retrataba la situación de las mujeres nigerianas. Edward se recostó y dijo:

—Pero nunca es así en la vida real, ¿verdad? Las mujeres nunca son víctimas de esa forma tan cruda, y menos en Nigeria. En Nigeria hay mujeres en altos cargos. Hoy día el ministro más poderoso es una mujer.

El keniata lo interrumpió y dijo que le gustaba la historia, pero que le costaba creer que Chioma pudiera rechazar el empleo; después de todo, una mujer no tiene alternativas, y, creía, por lo tanto, que el final era inverosímil.

—Todo el argumento es inverosímil —terció Edward—. Es escritura de panfleto, no una historia real sobre personas reales.

En el interior de Ujunwa se encogió algo. Edward seguía hablando. Por supuesto, era admirable la forma en que estaba escrito, que era extraordinaria. La observaba, y fue el brillo triunfal que ella vio en sus ojos lo que la impulsó a levantarse y echarse a reír. Los demás participantes se quedaron mirándola. Ella siguió riéndose mientras ellos la observaban, luego recogió sus papeles.

—¿Una historia real sobre personas reales? —repitió sin apartar los ojos de Edward—. Lo único que he omitido es que, después de dejar a mi colega con el *alhaji*, me subí al jeep e insistí al conductor que me llevara a casa, porque sabía que era la última vez que iría en uno.

Tenía más cosas que decir pero se las calló. Las lágrimas se le agolpaban en los ojos pero no se permitió derramarlas. Estaba impaciente por llamar por teléfono a su madre, y cuando volvió a entrar en la cabaña se preguntó si se consideraría verosímil un desenlace así para una historia.

## ALGO ALREDEDOR DE TU CUELLO

Creías que en Estados Unidos todo el mundo tenía un coche y una pistola; tus tíos y tus primos también lo creían. Justo después de que te tocara el visado a Estados Unidos en la lotería, te dijeron: «Dentro de un mes tendrás un gran coche. Luego una gran casa. Pero no te compres una pistola como esos americanos».

Entraron en tropel en la habitación de Lagos donde vivías con tus padres y tus tres hermanas, y se apoyaron contra las paredes despintadas, porque no había suficientes sillas para todos, para decirte adiós en voz alta y añadir muy bajito lo que querían que les mandaras. Al lado del coche y la gran casa (y posiblemente la pistola), lo que ellos querían eran tonterías: bolsos, zapatos, perfumes y ropa. Tú dijiste que no había problema.

Tu tío de América, que había inscrito a toda la familia en la lotería de visados, te ofreció que vivieras con él hasta que consiguieras arreglártelas por ti sola. Fue a recogerte al aeropuerto y te compró un enorme perrito caliente con mostaza que te causó náuseas. Tu iniciación a Estados Unidos, dijo riéndose. Vivía en una pequeña ciudad de blancos en Maine, en una casa de treinta años junto a un lago. Te explicó que la compañía para la que trabajaba le había ofrecido unos cuantos miles de dólares más que el sueldo medio además de la opción de compra de acciones, solo porque estaban desesperados por dar una imagen de diversidad. En todos los folletos aparecía una foto suya, hasta en los que no tenían nada que ver con su departamento. Se rió y dijo que era un buen trabajo, que valía la pena vivir en una ciudad de blancos aunque su mujer tenía que conducir una hora para encontrar una peluquería que le arreglara el pelo. El secreto estaba en comprender lo que era Estados Unidos, un toma y daca. Renunciabas a muchas cosas pero ganabas otras tantas.

Te enseñó a rellenar una solicitud de empleo para cajera en una estación de servicio de Main Street y te apuntó a un centro de educación terciaria, donde las chicas tenían los muslos gruesos, y llevaban las uñas pintadas de rojo brillante y autobronceador que las hacía parecer naranjas. Te preguntaban dónde habías aprendido inglés, si en África había casas de verdad y si antes de ir a Estados Unidos habías visto un coche. Se quedaban perplejas con tu pelo. ¿Se levanta o cae cuando te quitas las trenzas?, querían saber. ¿Se queda todo él levantado? ¿Cómo? ¿Por qué? ¿Utilizas un peine? Tú sonreías agarrotada cuando te hacían esas preguntas. Tu tío te dijo que contaras con ello, una mezcla de ignorancia y arrogancia, lo llamó. Luego dijo que a los pocos meses de que ellos se mudaran a su barrio, los vecinos comentaban que las ardillas habían empezado a desaparecer. Habían oído decir que los africanos comían toda clase de animales salvajes.

Te reías con tu tío y te sentías a gusto en su casa; su mujer te llamaba *nwanne*, hermana, y sus dos hijos en edad escolar, tía. Hablaban igbo y comían *garri* al mediodía, y era como estar en casa. Hasta que tu tío entró en el abarrotado sótano donde dormías entre cajas y cartones, y te atrajo hacia sí a la fuerza, apretándote las nalgas y gimiendo. No era tu tío en realidad; era un hermano del marido de la hermana de tu padre, no tenía ningún lazo consanguíneo. Cuando lo rechazaste, él se sentó en tu cama —era su casa, después de todo—, sonrió y dijo que a los veintidós años ya no eras una niña. Que si le dejabas continuar haría muchas cosas por ti. Las mujeres listas lo hacían continuamente. ¿Cómo creía que lo habían conseguido todas esas mujeres de Lagos con empleos bien remunerados? Hasta las mujeres de la ciudad de Nueva York.

Te encerraste en el cuarto de baño hasta que subió de nuevo y a la mañana siguiente te marchaste. Echaste a andar por la larga carretera serpenteante oliendo las crías de pescado del lago. Lo viste pasar en coche. Siempre te había dejado en Main Street, pero ese día no tocó la bocina. Te preguntaste cómo explicaría a su mujer que te habías ido. Luego recordaste lo que te había dicho, que Estados Unidos era un toma y daca.

Terminaste en Connecticut, otra ciudad pequeña, porque era la última parada del autobús Greyhound al que te subiste. Entraste en un restaurante con un toldo limpio y reluciente, y te ofreciste a trabajar por dos dólares menos que las demás camareras. El gerente, Juan, tenía el pelo negro azabache y sonrió dejando ver un diente de oro. Dijo que nunca había tenido una empleada nigeriana, pero que todos los inmigrantes trabajaban duro. Lo sabía, lo había visto. Te pagaría un dólar menos pero en negro; no le gustaban todos los impuestos que le hacían pagar.

No podías permitirte seguir estudiando porque tenías que pagar el alquiler de una diminuta habitación con la moqueta manchada. Además, en la pequeña ciudad de Connecticut no había ningún centro de educación terciaria y los créditos de la universidad estatal costaban demasiado. De modo que ibas a la biblioteca municipal, consultabas los programas de estudios en las websites y leías algunos de los libros que recomendaban. A veces te sentabas en el colchón con bultos de tu cama individual y pensabas en tu casa, en tus tías que vendían pescado seco con plátano, engatusando a los transeúntes para que les compraran y acto seguido insultándolos por no hacerlo; tus tíos que bebían la ginebra local y hacinaban a su familia y sus vidas en habitaciones individuales; tus amigos que habían ido a despedirse antes de que te fueras, para alegrarse de que hubieras ganado el visado y para confesarte su envidia; tus padres que a menudo se cogían de la mano al ir a la iglesia los domingos por la mañana mientras los vecinos de las habitaciones contiguas se reían y burlaban de ellos; tu padre que volvía del trabajo con los viejos periódicos del jefe y obligaba a tus hermanos a leerlos; tu madre cuyo sueldo apenas daba para pagar las matrículas de tus hermanos en la escuela secundaria donde los profesores daban un sobresaliente cuando alguien les entregaba un sobre marrón.

Tú nunca habías tenido que pagar por un sobresaliente, nunca habías dado un sobre marrón a un profesor de la escuela secundaria. Aun así, comprabas sobres alargados y marrones para enviar la mitad de tu sueldo a la dirección de la paraestatal donde limpiaba tu madre; siempre utilizabas los billetes de dólar que te daba Juan porque, a diferencia de los de las propinas, eran nuevos. Todos los meses. Envolvías el dinero en una hoja blanca pero no escribías nada. No había nada de que escribir.

Las semanas que siguieron, sin embargo, te entraron ganas de escribir porque tenías cosas que contar. Querías escribir sobre la asombrosa franqueza de los norteamericanos, lo deseosos que estaban de hablarte de la lucha de su madre contra el cáncer o del bebé prematuro de su cuñada, la clase de cosas que uno debía ocultar o revelar solo a los familiares bien intencionados. Quería escribir sobre la cantidad de comida que dejaban en el plato junto a unos billetes arrugados, como si fuera una ofrenda, una expiación por la comida desperdiciada. Querías escribir sobre la niña que empezó a berrear, a mesarse su pelo rubio y a tirar las cartas de los menús al suelo, y sobre sus padres que, en lugar de hacerla callar, le suplicaron, a una niña que no tenía ni cinco años, y luego todos se levantaron y se marcharon. Querías escribir sobre los ricos que vestían con ropa vieja y zapatillas de deporte tronadas, que tenían el aspecto de los vigilantes nocturnos que había frente a los grandes recintos de Lagos. Querías escribir que los norteamericanos ricos eran delgados mientras que los norteamericanos pobres eran gordos, y que muchos no tenían una gran casa y un coche; sin embargo, seguías sin estar muy segura de las pistolas, porque podían llevarlas en el bolsillo.

No era solo a tus padres a los que querías escribir, también a tus amigos, a tus primos y tíos. Pero no podías permitirte comprar suficientes perfumes, bolsos y zapatos para todos, y pagar el alquiler con lo que ganabas de camarera, de modo que no escribías a nadie.

Nadie sabía dónde estabas, porque no se lo habías dicho a nadie. A veces te sentías invisible e intentabas cruzar la pared de tu habitación y salir al pasillo, y cuando chocabas con ella, te salían moretones en los brazos. Una vez Juan te preguntó si te pegaba algún hombre, porque se ocuparía de él, y tú te reíste de forma misteriosa.

Por la noche algo se enroscaba alrededor de tu cuello. Algo que casi te asfixiaba antes de que te quedaras dormida.


Muchos clientes del restaurante te preguntaban cuándo habías llegado de Jamaica, porque se creían que todos los negros con acento extranjero eran jamaicanos. O los que adivinaban que eras africana, te decían que les encantaba los elefantes y que querían ir de safari.

De modo que cuando él te preguntó en la penumbra del restaurante, después de que le recitaras las especialidades del día, de qué país africano eras, respondiste Nigeria y esperaste que dijera que había hecho un donativo para luchar contra el sida en Botswana. Pero él te preguntó si eras yoruba o igbo, porque no tenías cara de fulani. Te sorprendiste; pensaste que debía de ser profesor de antropología en la universidad estatal, un poco joven a sus veinte años largos, pero nunca se sabía. Igbo, respondiste. Él te preguntó cómo te llamabas y dijo que Akunna era un nombre bonito. Afortunadamente, no te preguntó qué significaba, porque estabas harta de que la gente dijera: ¿La riqueza de tu padre? ¿Quieres decir que tu padre te venderá a un marido?

Él te explicó que había estado en Ghana, Uganda y Tanzania, que le gustaba la poesía de Okot p'Bitek y las novelas de Amos Tutuola, que había leído mucho sobre los países africanos subsaharianos, su historia, sus complejidades. Querías sentir desdén y demostrarlo al llevarle lo que había pedido, porque son igual de condescendientes los blancos que sienten demasiado entusiasmo por África que los que no sienten ninguno. Pero él no sacudió la cabeza con superioridad como ese profesor Cobbledick del centro de educación terciaria de Maine durante una discusión en clase sobre la descolonización de África. No puso la expresión del profesor Cobbledick, esa expresión de quien se cree mejor que la gente que conoce. Volvió al día siguiente y se sentó a la misma mesa, y cuando le preguntaste si estaba bueno el pollo, te preguntó a su vez si habías crecido en Lagos. Volvió un tercer día y antes de pedir empezó a hablarte de su viaje a Bombay, y que quería ir a Lagos para ver cómo vivía realmente la gente en los barrios de chabolas, porque él nunca hacía las estúpidas rutas turísticas cuando viajaba al extranjero. Habló sin parar y tuviste que decirle que iba en contra de las normas del restaurante. Él te rozó la mano cuando dejaste el vaso de agua en la mesa. El cuarto día, cuando lo viste llegar, dijiste a Juan que no querías atender más esa mesa. Esa noche después de tu turno él te esperaba fuera con unos auriculares puestos, y te propuso salir con él porque tu nombre rimaba con *hakuna matata* y *El rey león* era la única película sensiblera que le había gustado. Tú no sabías qué era *El rey león*. Lo miraste a la brillante luz y te fijaste en que tenía los ojos del color del aceite de oliva extra virgen, un dorado verdoso. Ese aceite era lo único que te gustaba, te gustaba de verdad, de Estados Unidos.

Él era estudiante de último curso en la universidad estatal. Te dijo cuántos años tenía y le preguntaste por qué no se había licenciado aún. Después de todo estaban en Estados Unidos, no era como en su país donde las universidades cerraban tan a menudo que las carreras se alargaban tres años más y los profesores se sumaban a huelga tras huelga y aun así no cobraban. Él respondió que se había tomado un par de años sabáticos para encontrarse a sí mismo y viajar por África y Asia sobre todo. Le preguntaste dónde acabó encontrándose y él se rió. Tú no te reíste. No sabías que la gente podía escoger sencillamente no estudiar, que la gente podía dictar el curso de su vida. Estabas acostumbrada a aceptar lo que la vida te daba, a escribir lo que la vida te dictaba.

Rehusaste salir con él los siguientes cuatro días, porque no te sentías cómoda con la intensidad de su expresión, esa forma de consumirte con la mirada que te impulsaba a despedirte y al mismo tiempo te hacía reacia a irte. Pero cuando la quinta noche no lo viste al salir de tu turno, te entró el pánico. Rezaste por primera vez en mucho tiempo, y cuando apareció detrás de ti y dijo «eh», dijiste que sí, que saldrías con él, aun antes de que él te lo pidiera. Temiste que no volviera a preguntártelo.

Al día siguiente te invitó a cenar al Chang's y en tu galleta de la suerte encontraste dos papelitos. Los dos estaban en blanco.

Supiste que te sentías cómoda con él cuando le contaste que veías *Jeopardy* en el televisor del restaurante y que apoyabas a los participantes por el siguiente orden: mujeres negras, hombres negros, mujeres blancas y, por último, hombres blancos, lo que significaba que nunca apoyabas a los hombres blancos. Él se rió y dijo que estaba acostumbrado a que nadie lo apoyara, que su madre era profesora de estudios de la mujer.

Y supiste que habías entrado en confianza cuando le dijiste que en realidad tu padre no era maestro de escuela en Lagos, sino chófer en una compañía de la construcción. Y le explicaste aquel día que os visteis atrapados en un atasco en Lagos en el destartalado Peugeot 504 que conducía tu padre; llovía y tu asiento estaba mojado porque había un agujero en el techo oxidado. Había mucho tráfico, siempre había mucho tráfico en Lagos, y cuando llovía era el caos. Las carreteras se convertían en charcos lodosos, los coches se quedaban atascados y algunos de tus primos se ganaban algo de dinero ofreciéndose a empujarlos. La lluvia, el barro resbaladizo, pensaste, hicieron que tu padre pisara demasiado tarde los frenos aquel día. Oíste la abolladura antes de notarla. El coche contra el que tu padre había chocado era grande, extranjero, de color verde oscuro con los faros dorados como los ojos de un leopardo. Tu padre se puso a llorar y a suplicar aun antes de bajar del coche, y se tumbó en la carretera provocando bocinazos. Lo siento, señor, lo siento, señor, repetía. Si nos vende a mí y a toda mi familia no le dará ni para comprar un neumático. Lo siento, señor.

El pez gordo sentado en el asiento trasero no se apeó pero lo hizo su chófer, que examinó los daños y miró con el rabillo del ojo la forma espatarrada de tu padre suplicando como si fuera pornografía, un espectáculo con el que le avergonzaba admitir que disfrutaba. Al final dejó marchar a tu padre. Lo despidió con un ademán. Se oyeron más bocinazos y los conductores blasfemaron. Cuando tu padre se sentó de nuevo al volante, te negaste a mirarlo, porque era como los cerdos que se revolcaban en los pantanos de detrás del mercado. Tu padre era *nsi*. Mierda.

Después de oírte, él apretó los labios y te cogió la mano, y dijo que entendía cómo te sentías. Tú le apartaste, repentinamente enfadada, porque se creía que el mundo estaba o tenía que estar lleno de gente como él. Le dijiste que no había nada que entender, que así eran las cosas.


Encontró la tienda africana en las páginas amarillas de Hartford y te llevó a ella. Al ver la familiaridad con que se movía por ella, inclinando la botella de vino de palma para ver cuánto sedimento había en el fondo, el dueño ghanés le preguntó si era africano como algunos keniatas o sudafricanos blancos, y él respondió que sí pero que llevaba mucho tiempo en Estados Unidos. Pareció satisfecho de que el dueño le creyera. Esa noche tú cocinaste con lo que habías comprado, y después de comer *garry* y sopa de *onugbu*, él vomitó en tu fregadero. Pero no te importó, porque ahora podrías cocinar sopa de *onugbu* con carne.

Él no comía carne porque no aprobaba cómo mataban los animales; dijo que el miedo de los animales liberaba toxinas y que las toxinas del miedo volvían paranoica a la gente. Los trozos de carne que comías en tu país, cuando había carne, eran del tamaño de tu dedo índice. Pero no se lo dijiste. Tampoco le dijiste que los cubos de *dawadawa* con los que tu madre cocinaba todo, porque el curry y el tomillo eran demasiado caros, tenían glutamato monosódico, *eran* glutamato monosódico. Él decía que el glutamato monosódico provocaba cáncer, que era la razón por la que le gustaba el restaurante Chang's; Chang no cocinaba con glutamato monosódico.

Una vez dijo al camarero del Chang's que había estado recientemente en Shanghai y que hablaba algo de mandarín. El camarero, entusiasmado, le dijo cuál era la mejor sopa, luego preguntó: «¿Tiene novia en Shanghai?». Y él sonrió y no dijo nada.

Tú perdiste el apetito, en lo más profundo del pecho sentiste un nudo. Esa noche no gemiste cuando estuvo dentro de ti, te mordiste los labios y fingiste que no te habías corrido porque sabías que él se preocuparía. Más tarde le explicaste la razón de tu enfado, que a pesar de que habíais ido juntos al Chang's tan a menudo y os habíais besado antes de que llegaran los platos, el chino había asumido que tú no podías ser su novia, y él había sonreído y no había dicho nada. Antes de disculparse, te miró sin comprender y supiste que no lo entendía.

Te hacía regalos y cuando tú protestabas por el precio, él decía que su abuelo de Boston había sido rico, pero se apresuraba a añadir que había repartido su fortuna entre muchos y que el fondo fideicomiso que le había dejado a él no eran tan grande. Sus regalos te dejaban confundida. Una bola de cristal del tamaño de un puño dentro de la cual había una pequeña muñeca bien proporcionada y vestida de rosa que daba vueltas si la sacudías. Una piedra brillante cuya superficie adquiría el color de lo que tocabas. Un pañuelo caro pintado a mano en México. Por fin le dijiste, con la voz cargada de ironía, que en el mundo del que venías los regalos siempre eran útiles. La piedra, por ejemplo, tendría utilidad si se pudiera moler algo con ella. Él se rió mucho y muy fuerte, pero tú no te reíste con él. Te diste cuenta de que en su mundo él podía comprar regalos que eran solo eso y nada más, no tenían ninguna utilidad. Cuando él empezó a comprarte zapatos, ropa y libros, le pediste que no lo hiciera, que no querías regalos. Él te los compraba de todos modos y tú los guardabas para tus primos y tus tíos, para cuando fueras a verlos algún día, aunque no sabías cómo ibas a permitirte comprar un billete y pagar al mismo tiempo el alquiler. Él dijo que quería conocer Nigeria y que pagaría los billetes de los dos. Tú no querías que él pagara tu billete. No querías que fuera a Nigeria y que añadiera tu país a la lista de países donde iba a mirar embobado cómo vivían los pobres que nunca podrían mirar embobados su vida. Se lo dijiste un día soleado que te llevó a ver el estrecho de Long Island y discutisteis, alzasteis la voz mientras caminabais a lo largo de las aguas tranquilas. Él dijo que te equivocabas al decir que tenía una actitud de superioridad moral. Tú le dijiste que se equivocaba al creer que solo los pobres de Bombay eran indios de verdad. ¿Acaso él no era un norteamericano de verdad porque no vivía como los pobres obesos que habíais visto en Hartford? Él se adelantó, con el torso desnudo y pálido, levantando arena con las chanclas, pero luego retrocedió y te tendió una mano. Os reconciliasteis e hicisteis el amor, y os acariciasteis el pelo, el suyo suave y rubio como las oscilantes espigas del maíz al crecer, el tuyo oscuro y saltarín como el relleno de una almohada. A él le había dado demasiado el sol y tenía la piel del color de una sandía madura y tú le besaste la espalda antes de extenderle una loción.

Ese algo que se te enroscaba en el cuello, lo que casi te asfixiaba antes de quedarte dormida, empezó a aflojarse hasta desprenderse.

Sabías que no erais normales por la reacción de la gente, el modo en que las personas desagradables se mostraban demasiado desagradables y las agradables demasiado agradables. Los hombres y mujeres blancos de edad avanzada que murmuraban y lo fulminaban a él con la mirada, los hombres negros que sacudían la cabeza al verte, las mujeres negras cuyos ojos compasivos lamentaban tu falta de autoestima, tu odio hacia ti misma, o te dedicaban breves sonrisas de solidaridad; los hombres negros que se esforzaban por perdonarte, saludándolo a él con un hola demasiado estridente; los hombres y mujeres blancos que decían «Qué buena pareja hacen» demasiado alegremente, demasiado fuerte, como para demostrarse a sí mismos lo abiertos de miras que eran.

Pero los padres de él eran diferentes; casi te hicieron creer que todo era normal. Su madre te dijo que él nunca había traído a casa a una amiga, excepto para el baile de fin de curso del instituto, y él sonrió brevemente y te cogió la mano. El mantel ocultaba vuestras manos entrelazadas. Él te apretó la tuya y tú le apretaste la suya, y te preguntaste por qué estaba tan rígido, por qué sus ojos color aceite de oliva extra virgen se ensombrecían cuando hablaba con sus padres. Su madre se quedó encantada cuando te preguntó si habías leído a Nawal el Saadawi y tú respondiste que sí. Su padre te preguntó si la comida india se parecía a la nigeriana, y te tomaron el pelo con pagar cuando llegó la cuenta. Los miraste y agradeciste que no te contemplaran como un trofeo exótico, un colmillo de marfil.

Luego él te habló de sus problemas con sus padres, cómo racionaban su amor como si fuera un pastel de cumpleaños, cómo le daban solo un trozo grande si accedía a estudiar Derecho. Tú trataste de solidarizarte con él. Pero solo conseguiste enfadarte.

Te enfadaste aún más cuando él te dijo que se había negado a ir con ellos un par de semanas a Canadá, a su casa de veraneo de Quebec. Hasta le habían pedido que te llevara. Él le había enseñado fotos de la casa y te preguntaste por qué lo llamaba casa cuando los edificios de ese tamaño en tu país eran bancos o iglesias. Se te cayó un vaso y se hizo añicos contra el suelo de madera de su apartamento, y él te preguntó qué pasaba y tú le dijiste nada, aunque pensaste que pasaban muchas cosas. Más tarde, en la ducha, te echaste a llorar. Observaste cómo el agua diluía las lágrimas sin saber por qué llorabas.

Por fin escribiste a casa. Una carta breve a tus padres entre los crujientes billetes de dólar junto con tu dirección. Recibiste una respuesta por courier unos días después. Era tu madre quien escribía; lo supiste por la letra de patas de araña, por las faltas de ortografía.

Tu padre había muerto; se había desplomado sobre el volante del coche de la compañía. Hacía cinco meses, escribía. Habían utilizado el dinero que habías enviado para darle un buen funeral. Habían matado una cabra para los invitados y lo habían enterrado en un buen ataúd. Te acurrucaste en la cama, con las rodillas contra el pecho, y trataste de recordar qué habías estado haciendo mientras tu padre moría, qué habías estado haciendo en los meses que llevaba muerto. Tal vez había muerto el día que habías amanecido con el cuerpo lleno de granos duros como el arroz crudo que no habías sabido explicar, de los que Juan se había burlado diciendo que te iba a llevar al chef para que el calor de la cocina te calentara. Tal vez había muerto uno de esos días que ibas en coche a Mystic o veías un partido del Manchester o cenabas en el Chang's.

Él te abrazó mientras llorabas, te acarició el pelo, se ofreció a pagarte un billete, a acompañarte a ver a tu familia. Le dijiste que no, que necesitabas ir tú sola. Él te preguntó si volverías, te recordó que tenías una tarjeta de residencia y que la perderías si no regresabas en un año. Te dijo que ya sabías qué quería decir, que si volverías, ¿volverías?

Tú te diste la vuelta sin decir nada, y cuando te llevó en coche al aeropuerto, lo abrazaste muy fuerte durante largo rato y luego lo soltaste.

## LA EMBAJADA ESTADOUNIDENSE

Hacía cola a la puerta de la Embajada estadounidense de Lagos, mirando al frente sin apenas moverse, con una carpeta de plástico azul bajo el brazo. Era la persona cuarenta y ocho de una cola de casi doscientas que se extendía desde las verjas cerradas de la Embajada estadounidense, pasando por delante de las verjas más pequeñas y cubiertas de enredadera de la Embajada checa. No se fijó en los vendedores de periódicos que tocaban silbatos y te ponían *The Guardian*, *Thenews* y *The Vanguard* en la cara. Ni en los mendigos que iban de un lado para otro con un plato esmaltado. Ni en las bicicletas de los vendedores de helados que pasaban tocando el timbre. No se abanicó con una revista ni apartó de un manotazo la mosca que le rodeaba la oreja. El hombre que tenía detrás le dio unos golpecitos en la espalda y preguntó:

—¿Tienes cambio, *abeg*? Dos de diez por uno de veinte.

Y ella lo miró un rato para enfocarlo y recordar dónde estaba antes de sacudir la cabeza.

—No.

El aire estaba cargado de calor húmedo. Pesaba sobre su cabeza, haciéndole aún más difícil mantener la mente vacía, que era lo que el doctor Balogun le había recomendado el día anterior. No había querido recetarle más tranquilizantes porque necesitaba estar despierta para la entrevista del visado. Era muy fácil decirlo, como si ella supiera qué hacer para tener la mente vacía, como si estuviera en su poder hacerlo, como si ella provocara esas imágenes del cuerpo pequeño y rollizo de su hijo Ugonna derrumbándose, la salpicadura en su pecho tan roja que quería regañarlo por jugar con el aceite de palma de la cocina. No es que él pudiera llegar al estante de los aceites y las especias, o desenroscar el tapón de la botella de plástico del aceite de palma. Solo tenía cuatro años.

El hombre de detrás le dio de nuevo unos golpecitos. Ella se volvió sobresaltada y casi gritó a causa del dolor agudo que le recorrió la espalda. Torcedura muscular, había dicho el doctor Balogun, asombrado de que no tuviera nada más grave después de haberse tirado por el balcón.

—Mira qué está haciendo ese soldado inútil —dijo el hombre.

Ella giró el cuello despacio para mirar hacia el otro lado de la calle. Se había reunido una pequeña multitud. Un soldado azotaba a un hombre con gafas con un látigo largo que se curvaba en el aire antes de aterrizarle en la cara o en el cuello, no estaba segura porque tenía las manos levantadas para protegerse. Vio cómo las gafas se le resbalaban y le caían. Vio el tacón de la bota del soldado aplastar la montura negra, los cristales coloreados.

—Mira cómo suplica la gente al soldado —continuó el hombre a sus espaldas—. Estamos demasiado acostumbrados a suplicar a los soldados.

Ella no dijo nada. Él era perseverante en su amabilidad, a diferencia de la mujer que tenía delante, que había exclamado: «¡Estoy hablando contigo y solo me miras como un *mu-mu*!», y desde entonces le hacía el vacío. Tal vez él se preguntaba por qué ella no participaba de la camaradería que se había extendido entre los demás componentes de la cola. Porque todos habían madrugado (los que habían dormido) para llegar a la Embajada estadounidense antes del amanecer; porque todos se habían peleado para ponerse en la cola de los visados, esquivando los látigos de los soldados que los llevaban de un lado para otro; porque todos temían que la Embajada estadounidense decidiera no abrir sus puertas y tener que volver al cabo de dos días, ya que estaba cerrada los miércoles; por todo ello habían hecho amistad. Las mujeres y los hombres con camisa de cuello abotonado intercambiaban periódicos y denuncias del gobierno del general Abacha mientras los jóvenes, con tejanos y *savoir faire*, se daban mutuamente consejos sobre cómo responder las preguntas para obtener un visado de estudiante.

—Mírale la cara, cuánta sangre. Se la ha cortado el látigo —dijo el hombre de detrás.

Ella no miró, porque sabía que la sangre sería tan roja como el aceite de palma fresco. En lugar de ello miró hacia Eleke Crescent, una sinuosa calle de embajadas con grandes extensiones de césped y una multitud a ambos lados. Una acera viviente. Un mercado que nacía durante el horario de la Embajada estadounidense y desaparecía en cuanto esta cerraba sus puertas. Estaba el puesto de alquiler de sillas cuyo montón, a cien nairas la hora, disminuía a toda velocidad. Las maderas apoyadas sobre bloques de cemento con caramelos, mangos y naranjas expuestos. Los jóvenes que llevaban sobre la cabeza bandejas de cigarrillos apoyadas en rollos de tela. Los mendigos ciegos con lazarillos que cantaban bendiciones en inglés, yoruba, lengua criolla, igbo o hausa cuando alguien echaba monedas en su plato. Y, por supuesto, el estudio de fotos improvisado. Un hombre alto detrás de un trípode, con un letrero escrito con tiza en el que se leía: «Fotos excelentes en solo una hora, según las especificaciones para un visado estadounidense». Ella se había hecho las fotos allí, sentada en un taburete desvencijado, y no le sorprendió salir granulada y con la cara mucho más clara. Pero no tenía otra alternativa, no había podido hacérselas antes.

Hacía dos días había enterrado a su hijo en una tumba cercana a un huerto en su ciudad natal de Umunnachi, rodeada de personas bien intencionadas a quienes no recordaba. El día anterior había llevado a su marido dentro del maletero de su Toyota a la casa de un amigo que lo había sacado clandestinamente del país. Y el anterior no le había hecho falta hacerse una foto de pasaporte; su vida había sido normal y había llevado a Ugonna al colegio, le había comprado una salchicha envuelta en hojaldre en Mr. Biggs, había cantado con Majek

Fashek que sonaba por la radio del coche. Si un adivino le hubiera dicho que en unos pocos días no reconocería su vida, se habría reído. Tal vez hasta le habría dado diez narias más por tener una imaginación tan desbordante.

—A veces me pregunto si la gente de la Embajada estadounidense mira por la ventana y disfruta viendo latigar a los soldados —decía el hombre de detrás.

Ella deseó que se callara. Eran sus comentarios lo que hacía tan difícil tener la mente en blanco, vacía de pensamientos de Ugonna. Volvió a mirar hacia el otro lado de la calle; el soldado se alejaba y aun a esa distancia alcanzó a ver su ceño fruncido. El ceño de un adulto que podía latigar a otro si quería y cuando quería. Su arrogancia al andar era tan ostentosa como la de los hombres que hacía cuatro noches habían tirado abajo la puerta trasera y habían irrumpido en su casa.

—¿Dónde está tu marido? ¿Dónde está?

Habían abierto los armarios de las dos habitaciones, hasta los cajones. Ella podría haberles dicho que su marido medía más de metro ochenta, que no podía esconderse en un cajón. Tres hombres con pantalones negros. Olían a alcohol y a sopa de pimentón, y cuando mucho más tarde abrazó el cuerpo inerte de Ugonna, supo que no volvería a comer sopa de pimentón.

—¿Adónde se ha ido tu marido? ¿Adónde? —Le pusieron una pistola en la sien.

—No lo sé. Se fue ayer —respondió ella, y se quedó quieta mientras notaba la orina tibia que le caía por las piernas.

Uno de ellos, el que llevaba una camiseta negra con capucha y olía más fuerte a alcohol, tenía los ojos sorprendentemente enrojecidos, tanto que parecían escocerle. Fue el que más gritó, dando patadas al televisor.

—¿Sabes el artículo que escribió tu marido en el periódico? ¿Sabes que es un mentiroso? ¿Sabes que los que son como él deberían estar en la cárcel por causar problemas, porque no quieren que Nigeria avance?

Se sentó en el sofá donde su marido siempre veía las noticias de la noche de la NTA y tiró de ella hasta sentarla torpemente en su regazo. Le clavó la pistola en la cintura.

—¿Por qué te casaste con un alborotador, mujer?

Ella sintió su horrible dureza, olió su aliento fermentado.

—Déjala en paz —dijo el otro, el de la calvicie que brillaba como si estuviera cubierta de vaselina—. Vámonos.

Ella se soltó y se levantó del sofá, y el hombre de la camiseta con capucha, todavía sentado, le pegó por detrás. Fue entonces cuando Ugonna se echó a llorar y corrió hacia ella. El hombre de la camiseta con capucha se rió de lo blando que era el cuerpo de ella mientras agitaba la pistola. Ugonna gritó; nunca gritaba cuando lloraba, no era esa clase de niño. Entonces la pistola se disparó y en el pecho de Ugonna apareció una salpicadura de aceite de palma.

—Mira estas naranjas —decía el hombre de detrás, ofreciéndole una bolsa de plástico con seis naranjas peladas.

Ella no lo había visto comprarlas. Sacudió la cabeza.

—Gracias.

—Coge una. Me he fijado en que no has comido nada desde esta mañana.

Ella lo miró bien por primera vez. Un rostro anodino con una piel oscura anormalmente tersa para un hombre. Había grandes aspiraciones en su camisa impecablemente planchada y su corbata azul, y en el cuidado con que hablaba inglés, como si temiera cometer un error. Tal vez trabajaba para uno de los bancos de nueva generación y se ganaba mucho mejor la vida de lo que ella nunca había creído posible.

—No, gracias.

La mujer de delante se volvió para mirarla antes de ponerse a hablar con alguien sobre un servicio eclesial específico llamado el Ministerio del Milagro del Visado Estadounidense.

—Debería comer algo —insistió el hombre de detrás, aunque dejó de ofrecerle las naranjas.

Ella volvió a sacudir la cabeza; seguía notando el dolor en un punto entre los ojos. Era como si al saltar del balcón se le hubieran aflojado partes dentro de la cabeza que entrechocaban dolorosamente. Saltar no había sido su única opción, podría haberse subido al mango cuya rama llegaba al balcón o haber bajado corriendo por las escaleras. Los hombres habían estado discutiendo tan acaloradamente que habían dejado fuera la realidad, y por un momento creyó que el estallido no había sido un arma sino la clase de trueno que estallaba al comienzo de *harmattan*, la salpicadura roja había sido realmente aceite de palma y Ugonna había logrado alcanzar la botella de algún modo y había fingido que se desmayaba, aunque nunca había jugado a eso. Luego las palabras de los hombres la hicieron retroceder. «¿Crees que dirá a la gente que ha sido un accidente? ¿Es esto lo que Oga nos pidió que hiciéramos? ¡Un niño! Tenemos que golpear a la madre. No, eso multiplicará por dos el problema. ¡Vámonos de aquí, amigo!»

Ella había salido entonces al balcón y había saltado por encima de la barandilla sin pensar en los dos pisos, y había gateado hasta el contenedor que había junto a la verja. Cuando oyó el rugido del coche alejarse, volvió a su piso oliendo a las pieles de plátano podrido del contenedor. Sostuvo el cuerpo de Ugonna en sus brazos, estrechó su silencioso pecho contra el suyo y se dio cuenta de que nunca se había sentido tan avergonzada. Le había fallado.

—Estás impaciente por conseguir tu visado, ¿eh? —preguntó el hombre de detrás.

Ella se encogió de hombros para evitar que le doliera la espalda y se obligó a sonreír.

—Solo acuérdate de mirar a los ojos al entrevistador mientras te hace preguntas. Aunque cometas un error, no te corrijas, o creerán que estás mintiendo. Tengo muchos amigos a los que han rechazado por tonterías. Yo voy a pedir un visado para visitante. Mi hermano vive en Texas, y quiero ir allí de vacaciones.

Hablaba como las voces que la habían rodeado, personas que habían ayudado a escapar a su marido y a organizar el funeral de Ugonna, que la habían llevado a la embajada. No desfallezcas mientras respondes las preguntas, le habían dicho las voces. Háblales de Ugonna, cómo era, pero no exageres, porque todos los días la gente les miente para obtener visados, sobre parientes muertos que nunca han nacido. Haz que Ugonna parezca real. Llora, pero no demasiado.

—Ya no dan visados de inmigración a nuestra gente a menos que el solicitante sea rico según sus criterios. Pero tengo entendido que en Europa la gente no tiene problemas en conseguirlos. ¿Vas a pedir un visado de inmigrante o de visitante?

—Asilo político. —Ella no lo miró a la cara; más bien percibió su sorpresa.

—¿Asilo político? Será muy difícil de demostrar.

Ella se preguntó si había leído *The New Nigeria*, si había oído hablar de su marido. Probablemente sí. Todo el que apoyaba la prensa defensora de la democracia conocía a su marido, sobre todo porque era el primer periodista que había tachado públicamente de farsa el complot de golpe de Estado, y que había escrito un artículo acusando al general Abacha de haberse inventado un golpe para tomarse la libertad de matar y encarcelar a sus adversarios. Los soldados habían irrumpido en las oficinas del periódico y se habían llevado un elevado número de ejemplares de esa edición en un camión negro; aun así, habían circulado fotocopias por Lagos; un vecino había visto un ejemplar pegado a la pared de un puente junto a letreros que anunciaban cruzadas religiosas y películas recién estrenadas. Los soldados habían detenido dos semanas a su marido y le habían cortado la piel de la frente, dejándole una cicatriz en forma de L. Los amigos le habían tocado la cicatriz cuando se reunieron en su piso para celebrar su puesta en libertad con botellas de whisky. Ella recordaba que alguien le había dicho «Nigeria se arreglará gracias a ti», y recordaba la expresión de su marido, esa emocionada mirada de mesías mientras hablaba del soldado que le había ofrecido un cigarrillo después de golpearlo, sin parar de tartamudear como solía hacer cuando estaba muy animado. El tartamudeo le había parecido encantador hacía años; ya no.

–Mucha gente pide asilo político y no lo consigue –dijo el hombre a sus espaldas, quien tal vez había estado hablando todo el tiempo.

–¿Lees *The New Nigeria*? –preguntó ella.

No volvió la cara hacia el hombre. En lugar de ello observó cómo más adelante una pareja compraba unos paquetes de galletas; los paquetes crujieron al abrirse.

–Sí. ¿Quieres uno? Puede que todavía les quede alguno a los vendedores.

–No. Solo lo preguntaba.

–Es un gran periódico. Esos dos editores son la clase de personas que Nigeria necesita. Ponen en peligro su vida para decirnos la verdad. Son realmente valientes. Ojalá hubiera más gente con esa clase de coraje.

No era coraje sino egoísmo exacerbado. Hacía un mes, cuando su marido había olvidado la boda de un primo de ella a pesar de haber accedido a ser el padrino, y le había dicho que no podía anular su viaje a Kaduna porque su entrevista al periodista detenido era demasiado importante, ella había mirado al hombre motivado y distante con quien se había casado, y había dicho: «No eres el único que odia el gobierno». Asistió sola a la boda y él se fue a Kaduna, y cuando volvió apenas hablaron; la mayor parte de su conversación siempre había girado en torno a Ugonna, de todos modos. No creerás lo que ha dicho hoy el niño, decía ella cuando él volvía del trabajo, y pasaba a explicar con detalle que Ugonna había dicho que en sus copos de avena Quaker había pimienta y no pensaba comérselos. O cómo la había ayudado a correr las cortinas.

–Entonces, ¿cree que lo que hacen esos editores es valiente? –Ella se volvió hacia el hombre de detrás.

–Por supuesto. No todos podemos hacerlo. Ese es el verdadero problema de este país, no tenemos suficientes valientes.

Él le lanzó una mirada llena de desconfianza y superioridad moral, como si se cuestionara si era defensora del gobierno, una de esas personas que criticaban los movimientos a favor de la democracia y sostenían que en Nigeria solo funcionaría un gobierno militar. En otras circunstancias ella podría haberle hablado de su carrera periodística, empezando por la universidad en Zaria, cuando había organizado una manifestación para protestar contra la decisión del gobierno del general Buhara de recortar los subsidios de los estudiantes. Podría haberle hablado de que había colaborado para el *Evening News* de Lagos, que había cubierto la noticia del intento de asesinato del director de *The Guardian*, y cómo había dimitido cuando por fin se quedó embarazada, porque su marido y ella llevaban cuatro años intentándolo y ella tenía el útero lleno de fibromas.

Dio la espalda al hombre y observó cómo los mendigos recorrían la cola de los visados. Hombres altos y delgados con largas túnicas mugrientas que pasaban cuentas de rezo citando el Corán; mujeres con ojos ictéricos que llevaban bebés enfermos con telas deshilachadas a la espalda; una pareja ciega conducida por su hija, con medallas azules de la Virgen María que les colgaban del cuello. Se acercó un vendedor de periódicos tocando un silbato. Ella no vio *The New Nigeria* entre los periódicos que sostenía en equilibrio en el brazo. Tal vez se había agotado. El último artículo de su marido, «De los tiempos de Abacha hasta hoy: 1993-1997», no le había preocupado al principio, porque no había escrito nada nuevo sobre él, solo sobre listas de asesinatos, contratos fallidos y dinero desaparecido. No es que los nigerianos desconocieran esa información. No había esperado que el artículo provocara muchos problemas o atrajera mucha atención, pero apenas un día después de su publicación, la radio BBC lo comentó en las noticias y entrevistó a un catedrático de ciencias políticas nigeriano que vivía en el exilio, quien afirmó que su marido merecía un premio en Derechos Humanos. «Lucha con la pluma contra la represión, presta su voz a los que no tienen voz, da a conocer al mundo la realidad.»

Su marido había tratado de ocultarle su nerviosismo. Pero después de que alguien telefoneara de forma anónima —recibía continuamente llamadas anónimas, era esa clase de periodista, de los que siempre cultivaban las amistades– para decirle que el jefe de Estado en persona estaba furioso, dejó de disimular; le permitió ver cómo le temblaban las manos. Los soldados se dirigían hacia allí para detenerlo, dijo el que llamó. Corría la voz de que sería el último arresto, que nunca volvería. Unos minutos después de la llamada se escondió en el maletero del coche, para que, si le preguntaban los soldados, el vigilante pudiera afirmar con sinceridad que no sabía adónde se había ido su marido. Ella llevó a Ugonna a la casa de un vecino y empezó a rociar el maletero de agua, pese a las prisas que le metió su marido, porque le pareció que sería más fresco y respiraría mejor. Lo llevó a la casa de su coeditor. Al día siguiente él la llamó desde la República de Benín; el coeditor tenía contactos que lo habían llevado a la frontera. Su visado estadounidense, que había obtenido para asistir a un curso formativo de Atlanta, seguía siendo válido y en cuanto llegara a Nueva York pediría asilo político. Ella le dijo que no se preocupara, que ella y Ugonna estarían bien, que al final del trimestre escolar solicitaría un visado y se reunirían con él en Estados Unidos. Esa noche Ugonna estuvo intranquilo y ella dejó que se quedara levantado hasta tarde jugando con su coche mientras ella leía. Cuando vio a los tres hombres irrumpir por la puerta de la cocina, se odió por no haber insistido a Ugonna que se acostara. Ojalá...

—Ah, este sol es despiadado. Los de la embajada estadounidense podrían construir al menos un toldo para nosotros —dijo el hombre a sus espaldas—. Podrían utilizar parte del dinero que recaudan con nuestros visados.

Alguien detrás de él dijo que los americanos se quedaban con el dinero recaudado. Otro replicó que los hacían esperar al sol a propósito. Y otro se rió. Ella hizo señas a la pareja de mendigos ciegos y buscó en su bolso un billete de veinte nairas. Cuando lo echó al plato, ellos cantaron «Dios te bendiga. Tendrás dinero, tendrás un buen marido, tendrás un buen empleo» en lengua criolla, y a continuación en igbo y en yoruba.

Ella los observó alejarse. No le habían dicho: «Tendrás muchos hijos». Había oído cómo se lo decían a la mujer de delante.

Las puertas de la embajada se abrieron de par en par y un hombre con uniforme marrón gritó:

—Que pasen los primeros cincuenta de la cola y rellenen las solicitudes. Los demás, vuelvan otro día. La embajada solo puede atender hoy a cincuenta.

—Hemos tenido suerte, *abi?* —dijo el hombre a sus espaldas.


Ella observó a la entrevistadora de los visados sentada detrás de la cristalera, el pelo castaño que le caía lacio por el cuello doblado, la forma en que sus ojos verdes miraban los papeles por encima de una montura plateada, como si las gafas fueran innecesarias.

—¿Puede volver a explicarme su caso, señora? No me ha dado detalles —pidió con una sonrisa alentadora.

Esa era su oportunidad para hablar de Ugonna, ella lo sabía. Miró hacia la ventanilla contigua, un hombre con traje oscuro inclinado hacia la cristalera en actitud reverencial, como si rezara al entrevistador del otro lado. Y se dio cuenta de que prefería morir a manos del hombre de camisa negra con capucha o del de la brillante calva antes de decir una palabra sobre Ugonna a esa entrevistadora o a cualquier otra persona de la Embajada estadounidense. Antes de vender a Ugonna por un visado para ponerse ella a salvo.

Habían matado a su hijo, eso era todo lo que podía decir. Lo habían matado. Nada sobre su risa, que le empezaba aguda y tintineante por encima de la cabeza. O lo que le gustaban los dulces y las galletas. O cómo le agarraba el cuello con fuerza cuando la abrazaba. O que su marido dijo que sería un artista porque en lugar de intentar construir algo con sus bloques los colocaba uno al lado del otro, alternando los colores. Ellos no merecían saber nada.

—¿Señora? ¿Dice que fue el gobierno? —preguntó la entrevistadora de los visados.

El «gobierno» era una etiqueta tan grande que era liberadora, daba a la gente margen para maniobrar, excusarse y volver a acusar. Tres hombres. Tres hombres como su marido, su hermano o el hombre que tenía detrás en la cola del visado. Tres hombres.

—Sí. Eran agentes del gobierno.

—¿Puede demostrarlo? ¿Tiene pruebas que lo demuestren?

—Sí. Pero lo enterré ayer. El cuerpo de mi hijo.

—Señora, siento lo de su hijo —dijo la entrevistadora—. Pero necesito pruebas de que fue el gobierno. Hay luchas entre grupos étnicos, hay asesinatos personales. Necesito pruebas de que fue cosa del gobierno y necesito pruebas de que su vida corre peligro si permanece en Nigeria.

Ella miró los labios rosa pálido que se movían dejando ver unos dientes diminutos. Unos labios rosa pálido en una cara aislada y pecosa. Le urgía preguntar a la entrevistadora si unos artículos de *The New Nigeria* justificaban la vida de un niño. Pero no lo hizo. Dudaba que ella estuviera al corriente de los periódicos a favor de la democracia o de las largas y agotadoras colas que se formaban fuera de las verjas de la embajada, en zonas acordonadas y sin sombra donde bajo un sol de justicia brotaban amistades, jaquecas y desesperación.

—¿Señora? Estados Unidos ofrece una nueva vida a las víctimas de la persecución política, pero necesita pruebas.

Una nueva vida. Era Ugonna quien le había dado una nueva vida, y le sorprendió lo deprisa que se adaptó a su nueva identidad, la nueva persona en la que él la había convertido. «Soy la madre de Ugonna», decía en su parvulario, a los profesores, a los padres de otros niños. En su funeral que celebraron en Umunnachi, como sus amigas y familiares habían ido con vestidos del mismo estampado de Ankara, alguien había preguntado «¿Quién es la madre?», y ella había levantado la cabeza, momentáneamente alerta. «Yo soy la madre de Ugonna.» Quería regresar a la casa de sus antepasados y plantar ixoras, de aquellas cuyos tallos delgados como agujas había sorbido de niña. Bastaría con una planta, tan pequeña era su tumba. Cuando floreciera y las flores dieran la bienvenida a las abejas, quería arrancarlas y sorberlas acuclillada en la tierra. Luego colocaría las flores sorbidas una al lado de la otra, como había hecho Ugonna con sus bloques. Se dio cuenta de que esa era la nueva vida que ella quería.

En la ventanilla contigua, el entrevistador americano hablaba demasiado alto por el micrófono.

—¡No voy a aceptar sus mentiras, señor!

El solicitante nigeriano con traje oscuro empezó a gritar y hacer gestos.

—¡Esto es vergonzoso! ¿Cómo puede tratar así a la gente? ¡Llevaré este asunto a Washington!

Y agitó su carpeta de plástico transparente repleta de documentos, hasta que un guardia de seguridad se acercó y se lo llevó de allí.

—¿Señora? ¿Señora?

¿Era cosa de su imaginación o había compasión en la cara de la entrevistadora? Vio la rapidez con que se echaba hacia atrás su pelo dorado rojizo, aunque no le molestara, y cómo este se quedaba quieto sobre su cuello, enmarcando una cara pálida. Su futuro estaba en esa cara. La cara de una persona que no la comprendía, que probablemente no cocinaba con aceite de palma, ni sabía que el aceite de palma si estaba fresco era de un rojo muy brillante, y cuando no, se volvía de un naranja grumoso.

Se dio la vuelta muy despacio y se encaminó hacia la puerta. Oyó la voz de la entrevistadora a sus espaldas.

—¿Señora?

Ella no se volvió. Salió de la embajada estadounidense, se abrió paso entre los mendigos que seguían dando vueltas con sus platos esmaltados y se subió al coche.

## EL TEMBLOR

El día que se estrelló un avión en Nigeria, el mismo día que murió la primera dama nigeriana, alguien aporreó la puerta de Ukamaka en Princeton. Se sorprendió porque nunca se presentaba nadie en su casa sin anunciarse (después de todo, estaban en Estados Unidos, donde la gente telefoneaba antes de ir a verte, excepto el empleado de FedEx, que nunca llamaba así de fuerte) y se puso nerviosa, porque llevaba toda la mañana leyendo las noticias de Nigeria por Internet, renovando demasiado a menudo las páginas, llamando a sus padres y a sus amigos, y preparándose taza tras taza de té Earl Grey que luego dejaba enfriar. Había minimizado todas las fotos del accidente y cada vez que las miraba, aumentaba el brillo de la pantalla de su ordenador portátil para examinar lo que los artículos llamaban el avión «siniestrado», un armazón ennegrecido con partes blanquecinas esparcidas como papel rasgado alrededor, una simple mole carbonizada que había sido un avión lleno de pasajeros, pasajeros que se pusieron el cinturón de seguridad y rezaron, pasajeros que abrieron un periódico, pasajeros que esperaron a que la azafata pasara con un carrito y preguntara: «¿Sándwich o bizcocho?». Uno de ellos podría haber sido su ex novio Udenna.

Volvieron a llamar a la puerta, esta vez más fuerte. Atisbó por la mirilla: un hombre mofletudo de piel oscura que le resultaba vagamente familiar aunque no se acordaba dónde lo había visto antes. Tal vez en la biblioteca o a bordo del minibús al campus de Princeton. Le abrió la puerta. Él sonrió a medias y habló sin mirarla a los ojos.

—Soy nigeriano y vivo en el tercero. He venido para que recemos juntos por lo que está pasando en nuestro país.

A ella le sorprendió que supiera que también era nigeriana, que supiera cuál era su apartamento, que se presentara en su puerta; seguía sin recordar dónde lo había visto antes.

—¿Puedo pasar?

Ella lo dejó entrar. Dejó entrar en su apartamento a un desconocido con una camiseta de Princeton que había ido a rezar con ella por lo que estaba ocurriendo en Nigeria, y cuando le tendió la mano, ella titubeó un momento antes de dársela. Rezaron. Él entonó esos rezos pentecostales típicamente nigerianos que la dejaban intranquila; cubrió todo con la sangre de Cristo, ató demonios y los arrojó al mar, luchó contra espíritus malignos. Ella quería interrumpirlo y decirle que no hacían falta toda esa sangre y esas ataduras, ese convertir la fe en un ejercicio pugilístico; quería decirle que la vida era una lucha con nosotros mismos más que con un Satanás blandiendo una lanza; que la fe era una elección que nuestra conciencia siempre podía avivar. Pero no dijo esas palabras porque temió que sonaran mojigatas viniendo de ella; no era capaz de infundirles el conciso pragmatismo redentor que adoptaba el padre Patrick con tanta facilidad.

—¡Santo Jehová, todas las maquinaciones del Diablo fracasarán, todas las armas construidas contra nosotros se desmantelarán, en el nombre de Dios! Santo Padre, cubrimos todos los aviones de Nigeria con la preciosa sangre de Jesús; Santo Padre, cubrimos el aire con la preciosa sangre de Jesús y destruimos todos los agentes de la oscuridad... —Iba a elevando la voz mientras sacudía la cabeza.

Ella necesitaba ir al lavabo. Se sentía incómoda cogiéndole la mano, los dedos calientes y firmes, y fue la incomodidad lo que le hizo decir «¡Amén!» en la primera pausa, después de un pasaje que lo dejó sin aliento, creyendo que había terminado. Pero se apresuró a cerrar de nuevo los ojos al ver que continuaba. Él rezaba sin parar, apretándole la mano cuando decía «Santo Padre» o «en el nombre de Dios».

Luego notó que empezaba a temblar, un temblor involuntario por todo el cuerpo. ¿Era Dios? Hacía años, cuando era adolescente y rezaba el rosario todas las mañanas arrodillada junto al chirriante bastidor de madera de su cama, habían salido de su boca unas palabras que no entendía. Había durado apenas unos segundos, ese torrente de palabras incomprensibles en mitad de un Avemaría, pero al final del rosario había estado aterrada, convencida de que esa sensación que la rodeaba era Dios. Solo se lo había contado a Udenna, quien había afirmado que se lo había inventado. ¿Cómo voy a inventar algo que no quiero?, había replicado ella. Pero al final le dio la razón, porque siempre le daba la razón en casi todo, y dijo que se lo había imaginado todo.

El temblor cesó tan rápidamente como había empezado y el nigeriano terminó la oración.

—¡En el duradero y poderoso nombre de Dios!

—Amén —respondió ella. Le soltó las manos y murmuró—: Discúlpame.

Y se fue rápidamente al cuarto de baño.

Cuando salió, él seguía de pie junto a la puerta de la cocina. Había algo en su actitud, en la forma de cruzar los brazos, que le hizo pensar en la palabra «humilde».

—Me llamo Chinedu.

—Yo soy Ukamaka —dijo ella.

Se estrecharon la mano, lo que le hizo gracia porque acababan de cogerse las manos para rezar.

—Este accidente de avión es terrible —dijo él—. Terrible.

—Sí —respondió ella. No dijo que Udenna podría haber tomado ese vuelo.

Deseó que se marchara ahora que ya habían rezado, pero él cruzó la sala de estar, se sentó en el sofá y empezó a hablar de cómo se había enterado del accidente como si ella le hubiera invitado a quedarse, como si ella necesitara saber su ritual matinal, y que había escuchado las noticias de la BBC por Internet porque en los informativos de Estados Unidos nunca decían nada de interés. Explicó que al principio no había en-

tendido que se trataba de dos incidentes distintos: la primera
dama había muerto en España tras someterse a una abdomi-
noplastia poco antes de la fiesta de celebración de sus sesenta
años, mientras que el avión se había estrellado en Lagos a los
pocos minutos de despegar de Abuja.

—Sí —dijo ella, sentándose frente a su portátil—. Al principio
yo también he pensado que la mujer había muerto en el accidente de avión.

Él se balanceaba ligeramente hacia delante y hacia atrás,
con los brazos todavía cruzados.

—Es una coincidencia demasiado grande. Dios nos está diciendo algo. Solo Dios puede salvar a nuestro país.

Nuestro país. Esas palabras los unían en una pérdida común y por un momento se sintió próxima a él. Volvió a cargar una página de Internet. Seguía sin haber noticias de los
supervivientes.

—Dios tiene que hacerse con el control de Nigeria —continuó él—. Dijeron que era mejor un gobierno civil que uno
militar, pero mira lo que está haciendo Obasanjo. Se ha dedi-
cado a destruir el país.

Ella asintió, preguntándose cuál era la forma más educada
de pedirle que se marchara y reacia al mismo tiempo a hacerlo, porque su presencia le infundía inexplicablemente espe-
ranzas de que Udenna estaba vivo.

—¿Has visto fotos de los familiares de las víctimas? Una
mujer se arrancó la ropa y corría por ahí en combinación. Dijo
que su hija viajaba en ese avión, que iba a Abuja para comprarle una tela para ella. *Chai!* —Chinedu hizo ese prolongado
ruido de succión que daba a entender tristeza—. El único amigo que sé que podría haber estado en ese avión acaba de enviarme un e-mail para decirme que está bien, gracias a Dios.
Ninguno de los miembros de mi familia podría haber estado
en él. ¡No tienen diez mil nairas que malgastar en un billete de
avión! —Se rió, un repentino sonido totalmente inapropiado.

Ella volvió a cargar la página de Internet. Seguía sin haber
noticias.

—Yo sí conozco a alguien que iba en ese avión. O que podría haber ido.

—¡Santo Jehová!

—Mi novio Udenna. Mi ex novio, en realidad. Estaba haciendo un máster de administración de empresas en Wharton y fue a Nigeria la semana pasada para asistir a la boda de su primo.

Solo cuando terminó de hablar se dio cuenta de que había utilizado el pretérito.

—¿No sabes nada? —preguntó Chinedu.

—No. No tiene móvil en Nigeria y no consigo hablar con su hermana. Puede que estuviera con él. Se supone que la boda era mañana en Abuja.

Se quedaron sentados en silencio; Ukamaka se fijó en que él había cerrado los puños y ya no se balanceaba.

—¿Cuándo hablaste con él por última vez? —preguntó.

—La semana pasada. Llamó antes de irse a Nigeria.

—Dios es leal. ¡Dios es leal! —Chinedu alzó la voz—. Dios es leal. ¿Me has oído?

—Sí —dijo Ukamaka, un poco alarmada.

Sonó el teléfono. Ukamaka se quedó mirando el aparato negro sin cable que había colocado junto a su portátil, temerosa de contestar. Chinedu se levantó e hizo ademán de cogerlo, pero ella lo detuvo.

—¡No! —Se lo arrebató de las manos y se acercó con él a la ventana—. ¿Diga? ¿Diga?

Quería que quien fuera que llamara, hablara inmediatamente, sin preámbulos. Era su madre.

—*Nne*, Udenna está bien. Chikaodili acaba de llamarme para decirme que perdieron el vuelo. Se encuentra bien. Se suponía que tenían que estar en ese vuelo pero lo perdieron, gracias a Dios.

Ukamaka dejó el teléfono en el saliente de la ventana y se echó a llorar. Chinedu la sujetó por los hombros, luego la abrazó. Ella se calmó lo suficiente para decirle que Udenna estaba bien y volvió a sus brazos, sorprendida de la familiaridad de estos, segura de que él comprendía instintivamente que su llanto era de alivio porque no le había pasado nada, de melancolía por lo que podía haber pasado y de cólera por lo que había quedado sin resolver desde que Udenna le había dicho en una heladería de Nassau Street que habían terminado.

—¡Sabía que mi Dios lo salvaría! He estado rezando a Dios de todo corazón para que le conservara la vida —dijo Chinedu, frotándole la espalda.

Más tarde, cuando ella le pidió que se quedara a comer, mientras calentaba un cocido en el microondas le preguntó:

—Si, según tú, Dios es responsable de haber conservado la vida de Udenna, también es responsable de la muerte de las otras personas, porque podría haberlas puesto también a salvo. ¿Significa eso que tiene preferencias?

—Los designios de Dios no son los nuestros. —Chinedu se quitó las zapatillas y las dejó junto a la estantería.

—No tiene sentido.

—Dios siempre tiene sentido pero este no siempre es humano —explicó Chinedu mientras miraba las fotos de los estantes.

Era la clase de pregunta que ella hacía al padre Patrick, aunque este reconocía que Dios no siempre tenía sentido y se encogía de hombros, como había hecho cuando lo conoció, ese último día de verano que Udenna le dijo que habían terminado. Udenna y ella habían estado en Thomas Sweet tomando batidos de fresa con plátano, su ritual del domingo después de hacer la compra, y Udenna sorbió ruidosamente antes de decir que su relación había terminado hacía mucho, que solo seguían juntos por la fuerza de la costumbre, y ella lo miró y esperó que se echara a reír, aunque esa clase de broma no era su estilo. «Aburrida», fue la palabra que utilizó. No había nadie más en su vida, pero la relación se había vuelto aburrida. Aburrida, y sin embargo ella llevaba tres años organizando su vida alrededor de él. Aburrida, pero había empezado a molestar a su tío el senador para que le buscara un empleo en Abuja después de licenciarse, porque Udenna quería volver cuando terminara el máster y empezara a amasar lo que llamaba «capital político» para presentar su candidatura como gobernador de Anambra. Aburrida, pero siempre cocinaba con pimentón, tal como a él le gustaba. Aburrida, pero habían hablado a menudo de los hijos que tendrían, un niño y una niña cuya concepción ella había dado por hecho, la niña se llamaría Ulari y el niño Udoka, así los nombres de todos empezarían por U. Ella salió de Thomas Sweet y empezó a caminar sin rumbo por Nassau Street, luego volvió, pasó por delante de la iglesia de piedra gris, entró y dijo a un hombre con alzacuellos que estaba a punto de subirse a un Subaru que la vida no tenía sentido. Él se presentó como el padre Patrick y dijo que la vida carecía de sentido pero que debíamos tener fe de todos modos. Tener fe. «Tener fe» era como decir: «Soy alta y esbelta». Ella quería ser alta y esbelta, pero no lo era; era baja con el trasero plano y una barriga que le sobresalía obstinada aunque llevara su faja elástica Spanx que la constreñía. Cuando dijo eso el padre Patrick se rió. «"Tener fe" no es lo mismo que decir soy alta y esbelta. Es decir más bien confórmate con la barriga que tienes y con tener que llevar una Spanx», dijo él. Y ella también se rió, sorprendida de que ese blanco rollizo de pelo plateado supiera lo que era una Spanx.

Ukamaka sirvió el guiso sobre el arroz ya caliente del plato de Chinedu.

—Si Dios tiene sus preferencias, es absurdo que haya decidido salvar la vida de Udenna. No creo que fuera la persona más buena o más agradable que había en ese vuelo.

—No puedes atribuir razonamientos humanos a Dios. —Chinedu sostuvo en alto el tenedor que ella le había colocado en el plato—. Por favor, pásame una cuchara.

Ella le dio una. A Udenna le habría divertido Chinedu, habría dicho que era muy rústico comer arroz con cuchara como él, cogiéndola con todos los dedos; era capaz de mirar a la gente y saber por su postura y sus zapatos la clase de niñez que habían tenido.

—Ese es Udenna, ¿verdad?

Chinedu señaló la foto en un marco de mimbre. Udenna rodeándole los hombros con un brazo, las dos caras francas y sonrientes. La había hecho una desconocida en un restaurante de Filadelfia, después de comentar: «Qué pareja más encantadora, ¿estáis casados?». Y Udenna había respondido, con esa sonrisa torcida que reservaba para las desconocidas: «Aún no».

—Sí, es el gran Udenna. —Ukamaka hizo una mueca y se sentó con su plato a la pequeña mesa de comedor—. No consigo acordarme de quitar esa foto.

Era mentira. La había mirado a menudo el último mes, a veces de mala gana, siempre asustada de lo irreversible que era el gesto de guardarla. Le pareció que Chinedu sospechaba que era mentira.

—¿Os conocisteis en Nigeria?

—No, en la fiesta de graduación de mi hermana en New Haven hace tres años. Lo trajo una amiga de ella. Trabajaba en Wall Street y yo ya estaba en el departamento de graduados, pero nos movíamos en los mismos círculos en Filadelfia. Él se fue a la Universidad de Pensilvania para acabar la carrera y yo a la Bryn Mawr. Era curioso que tuviéramos tantas cosas en común y no nos hubiéramos conocido hasta entonces. Los dos vinimos a Estados Unidos alrededor de la misma época para estudiar en la universidad. ¡Hasta hicimos el examen de admisión en el mismo centro de Lagos el mismo día!

—Parece alto —comentó Chinedu, de pie aún junto a la estantería, con el plato haciendo equilibrios en su mano.

—Mide metro noventa y dos. —Ukamaka percibió el orgullo en su voz—. No es su mejor foto. Se parece mucho a Thomas Sankara. Me enamoré de ese hombre cuando era adolescente. Ya sabes, el presidente de Burkina Faso, el presidente popular al que mataron...

—Sé quién es Thomas Sankara. —Chinedu estudió con atención la fotografía como si buscara en ella el afamado atractivo de Sankara. Luego añadió—: Os vi una vez en el aparcamiento y supe que erais de Nigeria. Pensé en acercarme a vosotros y presentarme, pero no quería perder el minibús.

El hecho de que él los hubiera visto juntos hacía la relación tangible. Ukamara se quedó encantada. Los tres años que llevaba acostándose con Udenna, acoplando sus planes a los de él y cocinando con pimentón, no eran cosa de su imaginación, después de todo. Se contuvo de preguntarle qué recordaba exactamente. ¿Había visto a Udenna cogerla por la cintura? ¿Lo había visto decirle algo sugerente con la cara pegada a la de ella?

—¿Cuándo nos viste?

—Hace un par de meses. Caminabais hacia vuestro coche.

—¿Cómo supiste que éramos nigerianos?

—Siempre lo sé. —Se sentó frente a ella—. Pero esta mañana he mirado los nombres de los buzones para averiguar cuál era tu apartamento.

—Ahora recuerdo que te vi una vez en el minibús. Supe que eras africano pero imaginé que de Ghana. Me pareciste demasiado delicado para ser nigeriano.

Chinedu se rió.

—¿Quién ha dicho que soy delicado? —Sacó el pecho en broma, con la boca llena de arroz.

Udenna habría señalado la frente de Chinedu y habría dicho que no hacía falta oír su acento para saber que había ido a un instituto público y aprendido inglés leyendo un diccionario a la luz de una vela, lo llevaba escrito en su frente surcada de venas y bultos. Era lo que había dicho de un alumno nigeriano de Wharton cuya amistad rechazaba continuamente y cuyos e-mails nunca contestaba. El alumno de frente reveladora y modales rústicos sencillamente no daba la talla. Dar la talla. Udenna utilizaba a menudo esa expresión y a ella al principio le pareció pueril, pero el último año había empezado a utilizarla.

—¿He puesto demasiado pimentón? —preguntó, notando lo despacio que comía.

—Está bien. Estoy acostumbrado. Crecí en Lagos.

—Nunca me había gustado la comida picante hasta que conocí a Udenna. Ni siquiera estoy segura de que me guste ahora.

—Pero sigues cocinando con pimentón.

A ella no le gustó el comentario ni su cara hermética, la expresión inescrutable con que la miró antes de concentrarse de nuevo en el plato.

—Bueno, supongo que me he acostumbrado.

Apretó una tecla del portátil y cargó de nuevo una página de Internet. «No hay supervivientes en el accidente aéreo de Nigeria.» El gobierno había confirmado que los ciento dieciséis pasajeros del avión habían fallecido.

—No ha habido supervivientes.

—Padre, toma el control —dijo Chinedu, y exhaló ruidosamente.

Se acercó y se sentó a su lado para leer la pantalla, y ella notó la proximidad de su cuerpo, el olor del guiso picante en su aliento. Había más fotografías del siniestro. Se quedó mirando los hombres sin camisa que acarreaban una pieza metálica que parecía el bastidor torcido de una cama; no imaginaba qué parte del avión podía haber sido.

—Hay demasiada iniquidad en nuestro país —dijo Chinedu levantándose—. Demasiada corrupción. Demasiadas cosas por las que rezar.

—¿Estás diciendo que el accidente es un castigo de Dios?

—Un castigo y una llamada de advertencia. —Chinedu se acabó el arroz de su plato.

Ella se distraía cada vez que él se rascaba los dientes con la cuchara.

—Cuando era adolescente iba todos los días a la iglesia, a la misa de las seis de la mañana. Iba sola, porque mi familia era de las que iban de domingo a domingo. Y un día dejé de ir.

—Todo el mundo tiene crisis de fe. Es normal.

—No fue una crisis de fe. La Iglesia de pronto era como Papá Noel: nunca te lo cuestionas de pequeño, pero al hacerte mayor te das cuenta de que el hombre disfrazado de Papá Noel es en realidad tu vecino.

Chinedu se encogió de hombros, como si no tuviera mucha paciencia para esa clase de decadencia, esa ambivalencia.

—¿Se ha acabado el arroz?

—No, hay más.

Ella se llevó su plato para calentar más arroz con estofado.

—No sé qué habría hecho si Udenna hubiera muerto —dijo cuando se lo devolvió—. Ni siquiera sé qué habría sentido.

—Solo tienes que dar las gracias a Dios.

Ella se acercó a la ventana y ajustó las persianas. Era el comienzo del otoño. Alcanzó a ver los árboles que bordeaban Lawrence Drive; el follaje era una mezcla de verde y cobre.

—Udenna nunca me decía que me quería porque le parecía un tópico. Una vez le dije que lamentaba que se sintiera mal por algo, y él se puso a chillar y dijo que no debía decir cosas como «Lamento que te sientas así» porque eran poco originales. Lograba hacerme creer que nunca era lo bastante ingeniosa, sarcástica ni inteligente. Él siempre se esforzaba por ser diferente, incluso cuando no importaba. Era como si actuara en lugar de vivir.

Chinedu no dijo nada. Siguió comiendo; a veces se ayudaba con un dedo para llenar más la cuchara de arroz.

—Sabía que a mí me encantaba estar aquí en Princeton, pero a él le parecía aburrido y desfasado. Si me veía demasiado contenta por algo que no estaba relacionado con él, siempre encontraba el modo de quitarle importancia. ¿Cómo puedes querer a una persona y controlar al mismo tiempo la cantidad de felicidad que le está permitida?

Chinedu asintió; la comprendía y se ponía de su parte, ella lo notaba. Los días que siguieron, días lo bastante fríos para llevar botas altas, días en que Ukamaka cogía el minibús al campus, buscaba información para su tesis en la biblioteca, se reunía con su tutor, daba clases de redacción o quedaba con alumnos que le pedían permiso para entregar los trabajos más tarde, regresó casi de noche a su apartamento y esperó a Chi-

151

nedu para ofrecerle arroz, pizza o espaguetis. Así podía hablar de Udenna. Le contaba cosas que no podía o no quería contar al padre Patrick. Le gustaba que Chinedu hablara poco, como si no solo la escuchara sino que reflexionara sobre lo que le decía. Una vez se planteó la posibilidad de tener un affaire con él, el clásico lío por despecho, pero había en él una cualidad novedosamente asexual, algo que le llevaba a pensar que no era necesario maquillarse en su compañía para disimular las ojeras.

El edificio de pisos donde ella vivía estaba lleno de extranjeros. Udenna y ella solían bromear diciendo que la inseguridad que flotaba en el nuevo entorno de extranjeros se había materializado en la indiferencia que mostraban unos hacia otros. No se saludaban en el pasillo ni en los ascensores, no se cruzaban ninguna mirada durante los cinco minutos que duraba el trayecto en minibús al campus, esas estrellas intelectuales de Kenia, China y Rusia, esos licenciados y estudiantes de posgrado que no tardarían en dirigir, curar y reinventar el mundo. De modo que le sorprendió que Chinedu caminara con ella hasta el aparcamiento, o que saludara a alguien con la mano o le dijera hola. Él le habló de un becario japonés que a veces lo llevaba en coche al centro comercial, o del alemán que estaba haciendo un doctorado y tenía una hija de dos años llamada Chindle.

—¿Los conoces de clase? —preguntó ella, y añadió—: ¿En qué programa estás?

Él había mencionado en una ocasión la química y ella asumió que hacía un doctorado en química. Esa debía de ser la razón por la que no lo veía por el campus; los laboratorios de química quedaban lejos.

—No. Los conocí cuando me mudé aquí.

—¿Cuánto tiempo hace que vives aquí?

—No mucho. Desde primavera.

—Cuando llegué a Princeton no estaba segura de si quería vivir en una residencia, pero ahora me gusta. La primera vez que Udenna vino a verme dijo que él estaba en un edificio cuadrado sin ningún encanto. ¿Habías estado antes en una residencia así?

—No. —Chinedu hizo una pausa y desvió la vista—. Supe que tenía que esforzarme por hacer amigos en este edificio. ¿Cómo iba a ir al supermercado y a la iglesia, si no? Menos mal que tienes coche.

A ella le gustó que dijera «Menos mal que tienes coche», porque era una declaración de amistad, de hacer cosas juntos a largo plazo, de tener a alguien con quien hablar de Udenna.

Los domingos llevaba a Chinedu a la iglesia pentecostal de Lawrenceville antes de ir a la iglesia católica de Nassau Street, y cuando lo recogía después del servicio iban al McCaffrey. Ella se fijaba en la poca comida que él compraba y en la atención con que examinaba las ofertas que Udenna siempre había pasado por alto.

Cuando ella se detenía en Wild Oats, donde Udenna y ella habían comprado la verdura orgánica, Chinedu sacudía la cabeza maravillado porque no entendía que alguien pagara más dinero por la misma verdura solo porque la habían cultivado sin sustancias químicas. Examinaba los granos expuestos en los grandes contenedores de plástico mientras ella seleccionaba un brócoli y lo metía en una bolsa.

—Todo sin sustancias químicas. La gente gasta más por capricho. ¿No son también sustancias químicas las medicinas que toman para prolongar la vida?

—Sabes que no es lo mismo, Chinedu.

—No veo qué diferencia hay.

Ukamaka se rió.

—A mí tampoco me importa en realidad, pero Udenna siempre insistía en que compráramos la fruta y la verdura orgánicas. Creo que había leído en alguna parte que era lo que suponía que debía hacer alguien como él.

Chinedu la miró de nuevo con esa expresión inescrutable. ¿La juzgaba? ¿Trataba de formarse una opinión sobre ella?

—Estoy hambrienta —dijo ella mientras abría el maletero para meter la bolsa de la compra—. ¿Podemos parar a comprar un sándwich en alguna parte?

—No tengo hambre.

—Invito yo. ¿O prefieres un chino?

—Estoy haciendo ayuno —respondió él en voz baja.

—Oh.

En su adolescencia, ella también había ayunado, bebiendo solo agua desde la mañana hasta la noche durante toda una semana, para pedir a Dios que la ayudara a sacar la mejor nota en el examen de bachillerato elemental. Había quedado la tercera.

—Ahora entiendo que no comieras arroz anoche. ¿Te importa acompañarme mientras como?

—No.

—¿Ayunas a menudo o es por un motivo especial? Si no es una pregunta demasiado personal.

—Es demasiado personal —respondió Chinedu con fingida solemnidad.

Ella bajó las ventanillas del coche mientras salía del Wild Oats dando marcha atrás, deteniéndose para dejar pasar a dos mujeres sin chaqueta, con tejanos ceñidos y el pelo rubio agitado por el viento. Era un día insólitamente caluroso de finales de otoño.

—El otoño a veces me recuerda el *harmattan* —comentó Chinedu.

—Lo sé —dijo Ukama—. Me encanta el *harmattan*. Creo que es por la Navidad. Me encantan la sequedad y el polvo de la Navidad. Udenna y yo volvimos juntos en Navidad el año pasado y pasamos la Nochevieja con mi familia en Nimo, y mi tío no paraba de preguntarle: «Joven, ¿cuándo piensas pedir a su familia que llame a nuestra puerta? ¿Qué estás estudiando en la universidad?» —Ukamaka imitó una voz ronca y Chinedu se rió—. ¿Has vuelto desde que te fuiste? —preguntó, pero se arrepintió en el acto. No podía haberse permitido comprar un billete de avión.

–No. –El tono de él era apagado.

–Yo tenía pensado volver después del posgrado y trabajar en una ONG en Lagos, pero como Udenna quería meterse en política, empecé a hacer planes para vivir en Abuja. ¿Volverás cuando termines? Imagino la cantidad de dinero que ganarás en una de esas compañías petrolíferas del delta del Níger con tu doctorado en química.

Ella sabía que hablaba demasiado deprisa, tratando de compensar la incomodidad que había sentido poco antes.

–No lo sé.

Chinedu se encogió de hombros.

–¿Puedo cambiar de emisora?

–Por supuesto.

Ella notó que se había puesto de malhumor por la forma en que siguió mirando por la ventana después de cambiar de la NPR a una emisora de FM de música estridente.

–Creo que voy a pedir tu comida favorita, un *sushi*, en lugar de un sándwich –dijo ella en broma. Una vez le había preguntado si le gustaba el *sushi* y él había dicho: «Dios me libre. Soy africano. Solo tomo comida cocinada». Ella añadió–: Deberías probar el *sushi* algún día, en serio. ¿Cómo puedes vivir en Princeton y no comer *sashimi*?

Él apenas sonrió. Ella condujo despacio hasta el puesto de sándwiches, siguiendo con la cabeza la música de la radio para demostrar que también le gustaba.

–Solo voy a buscar un sándwich –dijo, y él dijo que esperaría en el coche.

El olor a ajo del envoltorio de papel de plata del sándwich de pollo inundó el coche cuando ella regresó.

–Ha sonado tu móvil –dijo Chinedu.

Ella lo cogió de la caja de cambios y miró la pantalla. Era Rachel, una amiga de su departamento. Tal vez llamaba para saber si quería ir a la charla sobre la moralidad y la novela que había al día siguiente en East Pyne.

–No puedo creer que no me haya llamado Udenna –dijo mientras ponía en marcha el coche.

Le había enviado un e-mail dándole las gracias por su preocupación durante su estancia en Nigeria. Él la había borrado de su lista de amigos de Instant Messenger para que no supiera cuándo estaba conectado. Y no había llamado.

—Tal vez es lo mejor. Para que puedas pasar página.

—No es tan sencillo —replicó ella ligeramente enfadada, porque quería que Udenna la llamara, porque la foto seguía en su estantería, porque Chinedu le hablaba como si supiera lo que más le convenía.

De nuevo en su edificio, esperó a que Chinedu llevara sus compras a su apartamento y volviera para decirle:

—¿Sabes? No es tan sencillo como crees. No sabes lo que es querer a un gilipollas.

—Sí que lo sé.

Ella lo miró. Iba vestido con la misma ropa que la tarde que había llamado a su puerta: unos tejanos y una vieja camiseta deformada por el cuello con Princeton en letras naranjas en la parte delantera.

—Nunca has dicho nada.

—Nunca me lo has preguntado.

Ella puso el sándwich en un plato y se sentó a la pequeña mesa.

—No sabía si había algo que preguntar. Pensé que me lo dirías.

Chinedu guardó silencio.

—Cuéntame. Háblame de ese amor. ¿Fue aquí o en Nigeria?

—En Nigeria. Estuve casi dos años con él.

Hubo un silencio. Ella cogió una servilleta y se dio cuenta de que intuitivamente lo había sabido, tal vez desde el principio, pero dijo, porque creyó que él esperaba que expresara sorpresa:

—Oh, eres gay.

—Alguien me dijo una vez que yo era la persona más heterosexual que había conocido nunca y me odié porque me gustó oírlo. —Sonreía; parecía aliviado.

—Háblame de ese amor.

Se llamaba Abidemi. Algo en el modo en que Chinedu pronunció su nombre, Abidemi, le hizo pensar en un músculo dolorido que se aprieta ligeramente, la clase de dolor autoinfligido que da placer.

Él habló despacio, repasando detalles que parecían poco importantes (¿era miércoles o jueves cuando Abidemi lo había llevado a un club gay privado donde habían estrechado la mano a un ex jefe de Estado?), y ella pensó que no lo había explicado muchas veces, tal vez nunca. Habló mientras ella terminaba su sándwich y se sentaba a su lado en el sofá, sintiéndose extrañamente nostálgica con lo que contaba de Abidemi: bebía Guiness, mandaba a su chófer a comprar plátanos fritos a los vendedores callejeros, iba a la iglesia pentecostal House on the Rock, le gustaba el Kiev libanés del restaurante Double Four, jugaba al polo.

Abidemi era banquero, el hijo de un pez gordo, y había estudiado la carrera en Inglaterra; era la clase de tipo que llevaba cinturones de cuero con elaborados logos de diseñador como hebilla. Llevaba uno cuando entró en la oficina de la compañía de móviles de Lagos donde Chinedu trabajaba en el mostrador de atención al cliente. Casi se había mostrado grosero, preguntándole si podía hablar con su superior, pero a Chinedu no le pasó por alto la mirada que se habían cruzado, la embriagadora emoción que no había vuelto a sentir desde su primera relación con un profesor de deporte del colegio. Abidemi le dio su tarjeta y dijo, cortante: «Llámame». Así manejaría la relación los dos siguiente años, controlando siempre adónde iba y qué hacía, comprándole un Honda sin consultarle, lo que le dejó en la incómoda situación de explicar a su familia y amigos que había sido una compra impulsiva, invitándolo a viajes a Calabar y a Kaduna con solo dos días de antelación, enviándole mensajes de texto maliciosos cuando no contestaba sus llamadas. Aun así a Chinedu le había gustado su carácter posesivo, la vitalidad de esa relación que los consumía a los dos. Hasta que Abidemi anunció que iba a casarse.

Se llamaba Kemi y sus padres se conocían hacía mucho. La inevitabilidad del matrimonio siempre había quedado sobreentendida entre ambos y tal vez no habría cambiado nada si Chinedu no hubiera conocido a Kemi en la fiesta de aniversario de boda de los padres de Abidemi. Chinedu no había querido ir a la fiesta, se mantenía al margen de los acontecimientos familiares de Abidemi, pero este había insistido diciendo que solo sobreviviría a la larga velada si él estaba allí. Habló con una voz preocupantemente cargada de humor cuando lo presentó como «mi gran amigo».

—Chinedu bebe mucho más que yo —dijo a Kemi, que llevaba un vestido bañera de color amarillo.

Estaba sentada a su lado y de vez en cuando alargaba un brazo para quitarle algo de la camisa, llenarle de nuevo la copa o ponerle una mano en la rodilla, su cuerpo compenetrado en todo momento con el de él, listo para levantarse de un salto y hacer lo que fuera para complacerlo.

—¿Decías que me saldría tripa cervecera, *abi*? —preguntó Abidemi apoyando una mano en su muslo—. Antes le saldrá a este, créeme.

Chinedu sonrió con un principio de jaqueca causado por la tensión, su rabia hacia Abidemi a punto de estallar. Mientras le contaba a Ukamaka cómo la cólera de esa noche le había ofuscado la mente, ella notó lo tenso que estaba.

—Habrías preferido no conocer a su mujer.

—No, habría preferido que él hubiera tenido un conflicto.

—Seguro que lo tuvo.

—No. Ese día observé cómo se portaba con los dos, bebiendo cerveza negra y metiéndose conmigo delante de ella y viceversa, y supe que se metería en la cama y dormiría a pierna suelta toda la noche. Si seguíamos juntos, él acudiría a mí y luego se iría con ella a casa y dormiría profundamente toda la noche. A veces deseaba que no durmiera bien.

—¿Y rompiste?

—Se enfadó. No entendía por qué no hacía lo que él quería.

–¿Cómo puede alguien decir que te quiere y luego pretender que hagas lo que a él le conviene? Udenna era igual.

Chinedu apretó el cojín que tenía en el regazo.

–Ukamaka, no todo gira en torno a Udenna.

–Solo estoy diciendo que Abidemi me recuerda un poco a Udenna. Supongo que no entiendo esa clase de amor.

–Tal vez no era amor –replicó Chinedu, levantándose bruscamente del sofá–. Udenna te hizo esto y Udenna te hizo lo otro, pero ¿por qué dejaste que lo hiciera? ¿Por qué le dejaste? ¿No te has planteado nunca si era amor?

Su voz sonó tan cruelmente fría que por un momento Ukamaka se asustó, luego se enfadó y le pidió que se fuera.


Antes de ese día, ella había empezado a notar cosas extrañas en Chinedu. Él nunca la había invitado a su apartamento, y en una ocasión, después de que él le indicara cuál era, ella había mirado el buzón y se había sorprendido al no encontrar el apellido de él; el conserje era muy estricto con que los nombres de todos los inquilinos aparecieran en los buzones. No parecía ir nunca al campus; la única vez que le preguntó por qué no iba, él respondió algo vago que le dio a entender que no quería hablar de ello y lo dejó estar porque sospechaba que tenía problemas con sus estudios, tal vez luchaba con una tesis que no estaba yendo a ninguna parte. Así, a la semana de pedirle que se fuera, después de toda una semana sin hablar con él, subió y llamó a su puerta, y cuando él abrió y la miró con recelo, ella preguntó:

–¿Estás trabajando en tu tesis?

–Estoy ocupado –replicó él secamente, y le cerró la pueta en la cara.

Ella se quedó allí largo rato antes de volver a su apartamento. No hablaría nunca más con él, se dijo; era grosero y cruel. Pero llegó el domingo y ella se había acostumbrado a llevarlo en coche a su iglesia de Lawrenceville antes de ir a la suya de Nassau Street. Esperó que él llamara a su puerta, aunque sabía que no lo haría. De pronto temió que pidiera a otro que lo llevara, y cuando el miedo dio paso al pánico, subió y llamó a su puerta. Él tardó un rato en abrir. Estaba demacrado y cansado; tenía la cara sin lavar y cenicienta.

—Lo siento —dijo ella—. Cuando te pregunté si estabas trabajando en tu tesis fue una estúpida forma de pedirte disculpas.

—La próxima vez que quieras pedir disculpas, hazlo.

—¿Quieres que te lleve a la iglesia?

—No. —Él la invitó a pasar con un gesto. El apartamento estaba escasamente amueblado con un sofá, una mesa y un televisor. Había libros amontonados a lo largo de las paredes—. Mira, Ukamaka, tengo que explicarte lo que está pasando. Siéntate.

Ella se sentó. En el televisor hacían dibujos animados, en la mesa había una Biblia abierta boca abajo al lado de una taza que parecía contener café.

—Estoy colgado. Hace tres años que me ha vencido el visado. Este apartamento es de un amigo. Está en Perú este semestre y dijo que podía quedarme mientras trataba de arreglar mi situación.

—¿No estás en Princeton?

—Nunca he estado. —Se volvió y cerró la Biblia—. En cualquier momento podría recibir una orden de deportación de Inmigración. En casa nadie está al corriente de mi situación real. No he logrado enviarles mucho dinero desde que perdí mi trabajo en la construcción. Mi jefe era un buen hombre y me pagaba en negro, pero dijo que no quería problemas ahora que hablan de hacer redadas en los lugares de trabajo.

—¿Has intentado buscar un abogado?

—¿Un abogado para qué? No tengo nada que hacer. —Se mordía el labio inferior.

Ella nunca lo había visto tan poco atractivo, con la piel de la cara cayéndole a escamas y unas profundas ojeras. No iba a preguntar más detalles porque sabía que él no quería explicar nada más.

—Tienes muy mal aspecto. No has comido desde la última vez que te vi —dijo ella, pensando en todas las semanas que había hablado de Udenna mientras Chinedu estaba preocupado por si lo deportaban.

—Estoy ayunando.

—¿Estás seguro de que no quieres que te acompañe a la iglesia?

—De todos modos, es demasiado tarde.

—Ven a mi iglesia, entonces.

—Sabes que no me gusta el ritual católico de arrodillarte y levantarte continuamente, adorando ídolos.

—Solo por esta vez. La semana que viene iré yo a la tuya.

Él al final se levantó, se lavó la cara y se puso un jersey limpio. Se dirigieron en silencio al coche. Ella no tenía pensado explicarle el temblor que le había dado ese primer día mientras rezaban, pero necesitaba un gesto significativo para hacerle entender que no estaba solo, que comprendía lo que era no estar seguro acerca del futuro y no tener control sobre lo que podía ocurrir al día siguiente, y no sabía qué más decir, así que le habló de ello.

—Fue extraño. Tal vez solo fuera mi ansiedad contenida por Udenna.

—Fue una señal de Dios —respondió Chinedu con firmeza.

—¿Cómo explicas el temblor como un signo de Dios?

—Tienes que dejar de pensar en Dios como una persona. Dios es Dios.

—Tu fe es casi como una lucha. —Ella lo miró—. ¿Por qué Dios no se revela de un modo menos ambiguo y nos aclara de una vez por todas las cosas? ¿Qué sentido tiene que Dios sea un enigma?

—Esa es la naturaleza de Dios. Si comprendes la idea básica de que la naturaleza de Dios es diferente de la humana, entonces todo cobra sentido —dijo Chinedu, y abrió la portezuela para bajarse del coche.

Qué lujo era tener una fe como la suya, pensó Ukamaka, tan poco crítica, tan contundente e impaciente. Y sin embargo había en ella algo excesivamente frágil; era como si Chinedu concibiera la fe solo en extremos, como si la existencia de una solución intermedia supusiera correr el riesgo de perderlo todo.

—Entiendo lo que quieres decir —dijo aunque no lo entendía, aunque era esa clase de respuestas lo que le había hecho dejar de ir a la iglesia hacía años y la había mantenido alejada de ella, hasta el domingo que Udenna había descrito su relación como «aburrida» en una heladería de Nassau Street.

Fuera de la iglesia de piedra gris, el padre Patrick, con su pelo plateado brillante a la luz de mediodía, saludaba a los feligreses.

—Traigo a alguien nuevo a los calabozos del catolicismo, padre P. —dijo Ukamaka.

—Siempre hay sitio en los calabozos —respondió el padre Patrick, estrechando calurosamente la mano a Chinedu.

La iglesia estaba en penumbra, llena de ecos y misterios, y del débil olor de las velas. Se sentaron uno al lado del otro en un banco del centro, junto a una mujer con un bebé en brazos.

—¿Te ha gustado? —susurró Ukamaka.

—¿El cura? Está bien.

—Me refiero a gustar de gustar.

—¡Santo Jehová! Por supuesto que no.

Ella le había hecho sonreír.

—No van a deportarte, Chinedu. Encontraremos una salida. Ya lo verás.

Le apretó la mano, y supo que a él le había hecho gracia su énfasis en el plural.

Él se inclinó hacia ella.

—¿Sabes? Yo también estuve enamorado de Thomas Sankara.

—¡No! —La risa le brotaba del pecho.

—Ni siquiera sabía que había un país llamado Burkina Faso en África Occidental hasta que mi profesor de secundaria habló de él y trajo una foto. Nunca olvidaré cómo me enamoré de una foto del periódico.

—No me digas que Abidemi se parece a él.

—Ahora que lo dices, sí.

Al principio contuvieron la risa, luego la dejaron salir, apoyándose alegremente el uno contra el otro mientras la mujer que sostenía en brazos a su hijo los observaba.

El coro había empezado a cantar. Era uno de esos domingos en los que el sacerdote bendecía a los feligreses con agua bendita al comienzo de la misa, y el padre Patrick se paseaba de arriba abajo salpicando agua con lo que parecía un gran salero. Ukamaka lo observó y pensó en lo insulsas que eran las misas católicas en Estados Unidos; en Nigeria sería una vibrante rama verde de mango lo que el sacerdote sumergiría en un cubo de agua bendita sostenida por un monaguillo agobiado y sudoroso, e iría a grandes zancadas de un lado para otro haciendo llover el agua bendita; y la gente acabaría empapada y, santiguándose sonriente, se sentiría bendecida.

## LOS CONCERTADORES DE BODAS

Mi nuevo marido bajó la maleta del taxi y entró primero en la casa de piedra rojiza, me condujo por unas escaleras siniestras y por un pasillo mal ventilado con una moqueta raída, y se detuvo ante una puerta. En ella había pegado un 2B de tamaño desigual de un metal amarillento.

—Ya hemos llegado —anunció.

Había utilizado la palabra «casa» al hablarme de nuestro futuro hogar. Yo me había imaginado un serpenteante camino de entrada entre céspedes color pepino, una puerta que se abría a un vestíbulo y paredes cubiertas de cuadros apacibles. Una casa como las de los blancos recién casados de las películas norteamericanas que pasaban los sábados por la NTA.

Él encendió la luz de la salita en cuyo centro había un solo sofá inclinado, como si lo hubieran dejado caer allí por equivocación. Hacía calor y olía a cerrado.

—Deja que te la enseñe.

En el dormitorio más pequeño había un colchón encajado en una esquina. En el grande había una cama y un tocador, y un teléfono en el suelo enmoquetado. Aun así, en las dos habitaciones parecía faltar un sentido del espacio, como si las paredes se sintieran incómodas las unas con las otras con tan pocos objetos entre ambos.

—Ahora que estás aquí compraremos más muebles. No necesitaba gran cosa cuando estaba solo.

—Muy bien.

Me sentía mareada. El vuelo de diez horas de Lagos a Nueva York y la interminable espera mientras la oficial de aduanas revisaba mi maleta me habían dejado aturdida, con la cabeza llena de algodón. La oficial había examinado la comida como si fueran arañas, tocando con dedos enguantados las bolsas impermeables de *egusi* molido, hojas de *onugbu* secas y semillas de *uziza*, hasta que había confiscado las últimas. Temía que las plantara en suelo estadounidense. No importaba que las semillas llevaran semanas secándose al sol y estuvieran duras como un casco de bicicleta.

–*Ike aguum* –dije, dejando el bolso en el suelo de la habitación.

–Sí, yo también estoy agotado –respondió él–. Deberíamos acostarnos.

En la cama con sábanas de tacto suave, me acurruqué como el puño de tío Ike cuando se enfada y esperé no tener que cumplir con los deberes maritales. Me relajé cuando unos momentos después oí los acompasados ronquidos de mi nuevo marido. Empezaban como un profundo tronido en la garganta y terminaban con una nota aguda, como un silbato lascivo. Nadie te advertía de esos detalles cuando se concertaba un matrimonio. Nadie mencionaba los ronquidos ofensivos, ni hablaba de casas que resultaban ser pisos sin muebles.

Mi marido me despertó colocando su pesado cuerpo sobre el mío. Su pecho aplanó mis senos.

–Buenos días –dije, abriendo los ojos legañosos de sueño.

Él gruñó, un sonido que podría haber sido una respuesta a mi saludo o parte del ritual que realizaba. Se levantó para subirme el camisón por encima de la cintura.

–Espera… –dije, para quitarme el camisón y que no pareciera tan apresurado.

Pero él ya había embutido su boca en la mía. Otra cosa que los concertadores de bodas olvidaban mencionar: las bocas al despertar, con la textura de un chicle gastado y el olor a escombros del Ogbete Market. Jadeó mientras se movía, como si sus fosas nasales fueran demasiado estrechas para el aire que tenían que soltar. Cuando dejó por fin de embestirme descansó todo su peso sobre mí, hasta el de las piernas. No me moví hasta que se levantó para ir al cuarto de baño. Me bajé el camisón y me lo estiré sobre las caderas.

—Buenos días, nena —dijo él al entrar de nuevo en la habitación. Me dio el teléfono—. Tenemos que llamar a tus tíos para decirles que hemos llegado bien. Sé breve; cuesta casi un dólar el minuto a Nigeria. Marca el 011 y luego el 234 antes del número.

—*Ezi okwu?* ¿Todo eso?

—Sí. Primero el prefijo internacional y luego el de Nigeria.

—Ah —dije.

Marqué los catorce números. Sentía un picor entre las piernas.

La línea telefónica crepitó de estática al cruzar el Atlántico. Sabía que tío Ike y tía Ada se mostrarían afectuosos, me preguntarían qué había comido o qué tiempo hacía en Estados Unidos. Pero ninguna de mis respuestas quedaría registrada; solo preguntarían por preguntar. Tío Ike probablemente sonreiría hacia el teléfono, con la misma clase de sonrisa que aflojó su rostro cuando me dijo que me habían encontrado el marido perfecto. La misma sonrisa que le había visto unos meses atrás antes de que los Super Eagles ganaran la medalla de oro en fútbol de los Juegos de Atlanta.

—Un médico de Estados Unidos —había dicho radiante—. ¿Hay algo mejor? Su madre le estaba buscando una esposa, porque le preocupaba que se casara en Estados Unidos. Hace once años que se marchó. Le di una foto tuya. Durante un tiempo no tuve noticias y pensé que había encontrado a alguien. Pero… —Tío Ike se interrumpió, dejando que su sonrisa se hiciera más amplia.

—Sí, tío.

—Vendrá a principios de junio —había dicho tía Ada—. Tendréis mucho tiempo para conoceros antes de la boda.

—Sí, tía. —«Mucho tiempo» eran dos semanas.

—¿Qué no habremos hecho por ti? ¡Te criamos como una hija y ahora te hemos encontrado un *ezigbo di*! ¡Un médico de Estados Unidos! ¡Es como si te hubiera tocado la lotería! —había exclamado tía Ada. Le salían unos mechones de la barbilla, y tiró de uno mientras hablaba.

Yo les había dado las gracias a los dos por todo, por buscarme un marido, por acogerme en su casa, por comprarme unos zapatos nuevos cada dos años. Era la única manera de evitar que me llamaran desagradecida. No les recordé que quería volver a hacer el examen de admisión para intentar entrar en la universidad, que mientras iba al colegio había vendido más pan en la panadería de tía Ada que el que se había vendido en todas las demás panaderías de Enugu, que los muebles y los suelos de la casa brillaban gracias a mí.

—¿Has podido hablar? —me preguntó mi nuevo marido.

—Están comunicando. —Desvié la mirada para que no viera mi cara de alivio.

—Ocupada. Los norteamericanos dicen que la línea está ocupada —dijo él—. Lo intentaremos luego. Vamos a desayunar.

Para desayunar descongeló unas crepes de una bolsa de color amarillo chillón. Observé con atención los botones del microondas blanco que apretaba para memorizarlos.

—Pon a hervir agua para el té —dijo.

—¿Hay leche en polvo? —pregunté acercándome al fregadero, cuyos lados estaban cubiertos de óxido que parecía pintura marrón desportillada.

—Los norteamericanos no beben el té con leche y azúcar.

—*Ezi okwu?* ¿Tú tampoco?

—No, hace mucho que me he hecho con las costumbres de aquí. Tú también lo harás, nena.

Me quedé sentada ante las mustias crepes, mucho más delgadas que las que yo hacía en casa, y un té descolorido que temí que no me pasara por la garganta. Llamaron a la puerta y él se levantó. Caminaba con las manos a la espalda; no me había fijado en ello, no había tenido tiempo para fijarme.

—Te oí llegar anoche.

La voz de la puerta era norteamericana y las palabras fluían deprisa, tropezándose unas con otras. *Supri-supri*, lo había descrito tía Ify, rápido-rápido. «Cuando vengas a vernos hablarás *supri-supri* como los americanos», había dicho.

—Hola, Shirley. Gracias por guardarme el correo —dijo él.

—No hay de qué. ¿Cómo fue la boda? ¿Está aquí tu mujer?

—Sí, pasa a saludar.

Una mujer con el pelo de color metálico entró en la sala de estar. Iba envuelta en una bata rosa cerrada con un cinturón. A juzgar por las arrugas de su cara tenía entre seis y ocho décadas; aún no había visto suficientes blancos para saber ponerles edad.

—Soy Shirley, del tercero A. Encantada de conocerte —dijo ella, estrechándome la mano.

Tenía la voz nasal de quien está combatiendo un resfriado.

—Bienvenida —respondí.

Shirley se detuvo, como sorprendida.

—Bueno, os dejo desayunar —dijo—. Pasaré un rato cuando estéis instalados.

Salió arrastrando los pies. Mi nuevo marido cerró la puerta. Una de las patas de la mesa de comedor era más corta que las demás y la mesa osciló como un balancín cuando él se inclinó sobre ella.

—Debes saludar con un «Hola» en lugar de «Bienvenida».

—No tiene mi edad.

—Aquí no funciona así. Todo el mundo dice «Hola».

—*O di mna*. De acuerdo.

—Aquí no me llamo Ofodile. Me llaman Dave —continuó él, examinando el montón de sobres que Shirley le había dado.

En muchos había unas líneas escritas encima de la dirección, como si el remitente se hubiera acordado de añadir algo después de cerrar el sobre.

—¿Dave?

Yo sabía que no tenía un nombre inglés. En las invitaciones a nuestra boda había puesto Ofodile Emeka Udenwa y Chinaza Agatha Okafor.

—También utilizo otro apellido. Como los americanos no saben pronunciar Udenwa, me lo cambié.

—¿Cuál es?

Seguía intentado acostumbrarme a Udenwa, un nombre que solo hacía unas semanas que conocía.

—Bell.

—¡Bell! —Había oído hablar de un Waturuocha que había pasado a ser Waturu en Estados Unidos y de un Chikelugo que se cambió al menos complicado Chikel, pero ¿de Udenwa a Bell?—. No se parece a Udenwa.

Él se levantó.

—No entiendes cómo funciona este país. Si quieres llegar a alguna parte debes integrarte todo lo posible en la corriente principal. Si no, te quedas en la cuneta. Aquí tienes que utilizar tu nombre inglés.

—Nunca lo he hecho. Solo aparece en mi certificado de nacimiento. He sido Chinaza Okafor toda mi vida.

—Te acostumbrarás, nena —dijo él, acariciándome la mejilla—. Ya lo verás.

Cuando al día siguiente rellenó mi solicitud para la seguridad social, el nombre que introdujo en mayúsculas fue Agatha Bell.


Nuestro barrio se llamaba Flatbush, me dijo mi nuevo marido mientras paseábamos, acalorados y sudados, por una calle ruidosa que olía a pescado que se ha dejado demasiado tiempo al aire libre. Quería enseñarme a hacer la compra y a coger el autobús.

—Mira alrededor y no bajes la vista. Mira alrededor. Te acostumbrarás más deprisa a todo si lo haces.

Volví la cabeza de un lado a otro para que me viera seguir su consejo. En las puertas de los restaurantes oscuros prometían «La mejor comida caribeña y norteamericana» en letra torcida, y en un local de lavado de coches, en una pizarra colocada entre latas de Coca-Cola y papeles, se anunciaban lavados por 3,50 dólares. La acera estaba resquebrajada por los bordes, como mordisqueada por los ratones.

En el interior del autobús con aire acondicionado me enseñó a introducir las monedas y a apretar la cinta de la pared para indicar mi parada.

—Aquí no es como en Nigeria, donde gritas al revisor —dijo con tono burlón, como si fuera él quien había inventado personalmente el superior sistema de Estados Unidos.

En el interior del supermercado Key Food, recorrimos despacio pasillo por pasillo. Yo observé con recelo cuando él puso en el carrito un paquete de carne de vaca. Deseé tocar la carne para examinar el color como hacía a menudo en el Ogbete Market, donde el carnicero sostenía en alto los trozos recién cortados entre las moscas que zumbaban.

—¿Podemos comprar esas galletas? —pregunté.

Los paquetes azules Burton's Rich Tea me resultaban familiares; no quería comer galletas, pero necesitaba ver un producto conocido en el carrito.

—*Cookies*. Los americanos las llaman *cookies* —dijo él.

Cogí las galletas (*cookies*).

—Coge las de la marca del supermercado. Son iguales y salen más baratas —dijo él, señalando un paquete blanco.

Yo ya no quería las galletas, pero puse las de la marca del supermercado en el carrito y me quedé mirando el paquete azul del estante, con el familiar logo de Burton, hasta que salimos de ese pasillo.

—Cuando sea consultor, dejaremos de comprar las marcas del supermercado, pero de momento hemos de hacerlo. Aunque sea barato, todo suma.

—¿Cuándo seas especialista, quieres decir?

—Sí, pero aquí se llama consultor, médico consultor.

Los concertadores de bodas solo te informaban de que los médicos ganaban mucho dinero en Estados Unidos. No añadían que antes de que empezaran a ganar mucho dinero tenían que hacer unas prácticas y una especialización que mi nuevo marido no había terminado. Mi nuevo marido me lo explicó en la breve conversación que mantuvimos durante el vuelo poco después de salir de Lagos, antes de quedarse dormido.

—Los internos cobran veintiocho mil al año, pero trabajan ochenta horas a la semana. Son como tres dólares por hora —había dicho—. ¿Puedes creerlo? ¡Tres dólares por hora!

Yo no sabía si tres dólares era mucho o poco; me inclinaba a pensar que mucho, hasta que añadió que hasta los estudiantes de instituto que trabajaban a tiempo parcial ganaban mucho más.

—Además, cuando sea consultante dejaremos de vivir en un barrio como este —dijo mi nuevo marido.

Dejó pasar a una mujer con un niño sentado en el carrito.

—¿Ves esas barreras que ponen para que no te lleves los carritos? En los barrios buenos no hay. Puedes llevar el carrito hasta el coche.

—Ya.

¿Qué importaba si podías sacar o no el carrito? Lo importante es que había carritos.

—Mira la gente que compra aquí; son los que inmigran y empiezan a comportarse como si estuvieran de nuevo en sus países. —Señaló con desdén a una mujer con dos hijos que hablaban en español—. Nunca progresarán a menos que se adapten a Estados Unidos. Siempre estarán condenados a comprar en supermercados como este.

Murmuré algo para dar a entender que escuchaba. Pensé en el mercado abierto de Enugu, en los comerciantes que te engatusaban para que compraras en sus puestos con techo de zinc y que estaban dispuestos a regatear todo el día para sumar un solo kobo al precio. Envolvían lo que comprabas en bolsas de plástico cuando tenían, y cuando no, se reían y te ofrecían papel de periódico usado.

Mi nuevo marido me llevó al centro comercial; quería enseñarme el máximo de cosas posible antes de empezar a trabajar el lunes. El coche vibraba como si hubiera muchas piezas sueltas, un sonido parecido al de una lata llena de clavos cuando la agitas. Se detuvo en un semáforo y giró la llave un par de veces antes de ponerlo de nuevo en marcha.

—Cuando termine la especialidad me compraré un coche nuevo —comentó.

En el interior del centro comercial los suelos brillaban, lisos como cubos de hielo, y en el techo alto como el cielo parpadeaban pequeñas luces etéreas. Yo tenía la sensación de estar en un mundo físico diferente, en otro planeta. Las personas que pasaban a empujones por nuestro lado, incluso las negras, llevaban en la cara la marca de lo ajeno, de lo diferente.

—Primero comeremos una pizza —ofreció él—. Es algo que te tiene que gustar en Estados Unidos.

Nos acercamos a un puesto de pizzas atendido por un hombre con un aro en la nariz y un gorro blanco de cocinero.

—Dos de pepperoni con salchicha —pidió mi nuevo marido—. ¿Sale mejor con la oferta de combinado?

Pronunciaba las palabras de otro modo cuando hablaba con los americanos. Y sonreía con la avidez de quien quiere gustar.

Nos comimos el trozo de pizza sentados a una pequeña mesa redonda, en la llamada «área de restaurantes». Alrededor de las mesas había un mar de personas encorvadas sobre platos de papel llenos de comida grasienta. Tío Ike se quedaría horrorizado de solo pensar en comer en ese lugar; era un hombre con título y ni siquiera comía en las bodas a menos que le sirvieran en un comedor privado. Había algo humillantemente público y carente de dignidad en ese lugar, en ese espacio abierto con tantas mesas y tanta comida.

—¿Te gusta la pizza? —preguntó mi nuevo marido. Su plato de papel estaba vacío.

—Los tomates no están bien cocinados.

—En nuestro país cocinan todo demasiado y perdemos todos los nutrientes. Los americanos cocinan como es debido. ¿No ves lo saludable que es toda la comida?

Asentí, mirando alrededor. En la mesa contigua una negra con el cuerpo ancho como un almohadón puesto de lado me sonrió. Le devolví la sonrisa y di otro bocado a la pizza, encogiendo el estómago para que no expulsara nada.

Luego fuimos al Macy's. Mi nuevo marido me condujo a una escalera corredera; se deslizaba con gomosa suavidad y supe que en cuanto me subiera me caería.

—*Biko*, ¿no hay elevadores? —pregunté.

Por lo menos había subido una vez en el desvencijado de la oficina de la administración local, que tembló durante todo un minuto antes de que se abrieran las puertas.

—Habla en inglés. Hay gente detrás de ti —susurró él empujándome hacia un mostrador lleno de joyas centelleantes—. Y es un ascensor, no un elevador.

—Está bien.

Me llevó al elevador (ascensor) y subimos a una sección llena de hileras de abrigos de aspecto pesado. Me compró uno del color del cielo en un día lúgubre e hinchado con una especie de espuma dentro del forro. Parecía lo bastante grande para que cupiéramos en él dos como yo.

—Viene el invierno —dijo—. Es como estar dentro de una nevera, así que necesitarás algo que te abrigue.

—Gracias.

—Siempre es mejor comprar cuando hay rebajas. A veces compras lo mismo por menos de la mitad del precio. Es una de las maravillas de Estados Unidos.

—*Ezi okuwu?* —dije, y añadí rápidamente—: ¿En serio?

—Demos una vuelta por el centro comercial. Hay otras de las maravillas de Estados Unidos.

Deambulamos por las tiendas que vendían ropa, herramientas, platos, libros, teléfonos, hasta que me dolieron las plantas de los pies.

Antes de irnos me llevó a un McDonald's. El restaurante estaba cerca del fondo y en la entrada había una M amarilla y roja del tamaño de un coche. Mi marido no miró el menú que colgaba sobre su cabeza mientras pedía dos grandes del número 2.

—Si vamos a casa yo puedo cocinar —dije.

«No dejes que tu marido coma mucho fuera de casa —había dicho tía Ada—, o eso lo empujará a los brazos de una mujer que cocina. Vigila siempre a tu marido como un huevo de gallina de Guinea.»

—Me gusta comer uno de estos de vez en cuando —respondió él.

Cogió la hamburguesa con las dos manos y masticó tan concentrado que cerró los ojos y tensó la mandíbula, adquiriendo un aspecto aún más desconocido.

El lunes preparé arroz de coco para compensar la comida fuera de casa. Quería hacer también sopa de pimentón que, según la tía Ada, ablandaba el corazón de un hombre, pero necesitaba el *uziza* que me había requisado la oficial de Aduanas. Sin eso no era sopa de pimentón. Compré un coco en la tienda jamaicana de la misma calle y me pasé una hora troceándolo porque no había rallador, luego lo sumergí en agua caliente para extraer el jugo. Acababa de terminar de cocinar cuando él volvió a casa. Llevaba lo que parecía un uniforme, una camisa azul de aspecto femenino dentro de unos pantalones azules sujetos a la cintura con un cordón.

—*Nno* —dije—. ¿Qué tal ha ido el trabajo?

—Tienes que hablarme también en inglés en casa, nena. Para acostumbrarte.

Me rozó la mejilla con los labios justo cuando tocaron el timbre de la puerta. Era Shirley, con el cuerpo envuelto en la misma bata rosa. Jugueteó con el cinturón.

—Qué olor —dijo con su voz cargada de flemas—. Huele todo el edificio. ¿Qué estás cocinando?

—Arroz de coco.

—¿Una receta de tu país?

—Sí.

–Huele muy bien. El problema de este país es que no tenemos cultura, ninguna cultura. –Se volvió hacia mi nuevo marido como si quisiera que le diera la razón, pero él se limitó a sonreír–. ¿Vendrías a echar un vistazo a mi aire acondicionado, Dave? Vuelve a hacer el tonto y hoy hace mucho calor.

–Claro –respondió mi nuevo marido.

Antes de irse, Shirley me saludó con la mano.

–Huele realmente bien.

Y quise invitarla a comer arroz.

Mi nuevo marido volvió media hora después y comió el plato de aromática comida que puse ante él, hasta se relamió como hacía a veces tío Ike para demostrar a tía Ada lo satisfecho que estaba con lo que había cocinado. Pero al día siguiente volvió con un libro grueso como la Biblia de recetas de cocina típicamente americanas.

–No quiero que nos conozcan como la gente que llena el edificio de olores de comida extranjera –dijo.

Pasé una mano por la portada del libro, con una foto de algo que parecía una flor pero que probablemente era comida.

–Sé que pronto dominarás la comida americana –dijo él atrayéndome hacia sí con suavidad.

Esa noche pensé en el libro de recetas mientras él se tumbaba pesadamente sobre mí, gruñendo y jadeando. Otra cosa que no te decían los concertadores de bodas: lo que cuesta dorar en aceite la carne de vaca o rebozar con harina el pollo sin piel. Yo siempre había cocinado la carne de vaca en su propio jugo. Y el pollo siempre lo había hervido, dejando intacta la piel. Los días que siguieron me alegré de que mi marido se fuera a trabajar a las seis de la mañana y no regresara hasta las ocho de la tarde, para tener tiempo de tirar a la basura los trozos de pollo a medio cocinar y volver a empezar.


La primera vez que vi a Nia, que vivía en el 2D, pensé que era la clase de mujer que desaprobaría mi tía Ada. La llamaría *ashawo*, ramera, por la camiseta transparente que llevaba dejando ver el sujetador de otro color. O basaría su juicio en el pintalabios, de un naranja brillante, y en la sombra de ojos, de un tono parecido al pintalabios, que se adhería a sus pesados párpados.

—Hola —me dijo cuando bajé a buscar la correspondencia—. Tú debes de ser la mujer de Dave. Quería pasar para saludar. Me llamo Nia.

—Gracias. Yo soy Chinaza… Agatha.

Nia me escudriñaba.

—¿Qué es lo primero que has dicho?

—Mi nombre nigeriano.

—Es un nombre igbo, ¿verdad?

Lo pronunció como «i-boo».

—Sí.

—¿Qué significa?

—Dios atiende nuestras oraciones.

—Es muy bonito. ¿Sabes? Nia es swahili. Me lo cambié cuando cumplí dieciocho años. Pasé tres años en Tanzania. Alucinante.

—Oh —dije sacudiendo la cabeza; ella, una estadounidense negra, había escogido un nombre africano, mientras que mi marido me lo hacía cambiar por uno inglés.

—Debes de estar muerta de aburrimiento en ese apartamento; sé que Dave vuelve muy tarde. Ven a tomarte una Coca-Cola conmigo.

Titubeé, pero Nia ya se dirigía a las escaleras. La seguí. Su sala de estar tenía una elegancia sobria; un sofá rojo, una planta esbelta en una maceta, una enorme máscara de madera colgada de la pared. Me dio una Coca-Cola light en un vaso alto con hielo, me preguntó si me estaba adaptando a la vida norteamericana y se ofreció a enseñarme Brooklyn.

—Pero tendrá que ser un lunes. No trabajo los lunes.

—¿A qué te dedicas?

—Tengo mi propia peluquería.

—Qué pelo más bonito —dije, y ella se lo tocó y respondió, como si no le pareciera gran cosa:

—Bueno.

Lo que me parecía bonito no era solo su pelo, enrollado en lo alto de su cabeza en un moño afro natural, sino su piel del color de los cacahuetes tostados, sus misteriosos ojos de párpados pesados, sus caderas curvadas. Puso la música un poco alta, de modo que teníamos que alzar la voz para hablar.

—¿Sabes? Mi hermana es gerente del Macy's, y en el departamento de mujeres están contratando dependientas, así que si te interesa puedo darle tu nombre y seguro que te cogen. Me debe un favor.

Me dio un vuelco el corazón ante la repentina y novedosa perspectiva de ganar dinero que fuera mío. Solo mío.

—Todavía no tengo permiso de trabajo.

—Pero Dave lo ha pedido, ¿no?

—Sí.

—No tardará mucho. Lo tendrás antes del invierno. Una amiga mía de Haití acaba de recibirlo. Avísame en cuanto lo tengas.

—Gracias. —Quería abrazarla—. Muchas gracias.

Esa noche hablé a mi nuevo marido de Nia. Tenía los ojos hundidos de cansancio después de tantas horas de trabajo.

—¿Nia? —repitió como si no supiera a quién me refería, antes de añadir—: No está mal, pero ten cuidado. Puede ser una mala influencia.

Nia empezó a pasar por casa después del trabajo. Se bebía una lata de refresco que traía consigo y me observaba cocinar. Yo apagaba el aire acondicionado y abría la ventana dejando entrar el aire caliente para que pudiera fumar. Me hablaba de las mujeres que iban a su peluquería y de los hombres con los que salía. Salpicaba su conversación cotidiana con palabras como «clítoris» o «follar». Me gustaba escucharla. Me gustaba cómo sonreía dejando ver un diente pulcramente partido formando un triángulo perfecto en la punta. Siempre se marchaba antes de que llegara mi nuevo marido.

El invierno se acercaba furtivamente. Una mañana salí del edificio y solté un grito de sorpresa. Era como si Dios cortara trozos de papel de seda blanco y los dejara caer. Me quedé mirando por primera vez la nieve, los copos que se arremolinaban, antes de retroceder para entrar de nuevo en el edificio. Volví a fregar el suelo de la cocina, corté más cupones del catálogo de Key Food que nos mandaban por correo y me senté junto a la ventana, contemplando los frenéticos trozos de papel de Dios. Había llegado el invierno y seguía sin trabajar. Cuando mi marido volvió a casa esa noche, puse ante él el pollo con patatas fritas, y dije:

—Pensaba que a estas alturas ya tendría mi permiso de trabajo.

Él se comió unas patatas más antes de responder. Siempre hablábamos en inglés; él no sabía que yo hablaba igbo mientras cocinaba, o que había enseñado a Nia a decir «Tengo hambre» y «Hasta mañana» en igbo.

—La norteamericana con la que me casé para conseguir mi tarjeta de residencia está causando problemas —explicó él, y cortó despacio un trozo de pollo. Tenía bolsas debajo de los ojos—. El divorcio era casi definitivo antes de casarme contigo en Nigeria, solo faltaba un detalle sin importancia. Pero ella se ha enterado de la boda y está amenazando con denunciarme en Inmigración. Quiere más dinero.

—¿Has estado casado? —Entrelacé los dedos porque empezaron a temblarme.

—¿Me lo pasas, por favor? —dijo él, señalando la limonada que yo había preparado poco antes.

—¿El zumo?

—El jugo. Aquí lo llaman jugo, no zumo.

Le acerqué el zumo (jugo). Las sienes me palpitaban aún más fuerte, llenándome los oídos de un líquido feroz.

—¿Has estado casado antes?

—Solo fue un papel. Muchos lo hacen. Es un negocio. Pagas a una mujer y hacéis el papeleo, pero a veces se tuercen las cosas y ella no quiere divorciarse o decide chantajearte.

Cogí el montón de cupones y empecé a romperlos de dos en dos.

—Ofodile, deberías habérmelo dicho.

Él se encogió de hombros.

—Pensaba hacerlo.

—Merecía saberlo antes de que nos casáramos.

Me dejé caer en la silla, muy despacio, como si fuera a romperse si no lo hacía así.

—No habría cambiado nada. Tus tíos ya lo habían decidido por ti. ¿Cómo ibas a decir que no a las personas que te han cuidado desde que murieron tus padres?

Lo miré fijamente en silencio, rompiendo los cupones en trozos cada vez más pequeños; fotos rotas de detergentes, bandejas de carne y papel de cocina caían al suelo.

—Además, con lo complicadas que están las cosas en nuestro país, ¿qué habrías hecho? Las calles están llenas de licenciados sin trabajo, ¿no? —Hablaba con voz inexpresiva.

—¿Por qué te has casado conmigo?

—Quería una mujer nigeriana y mi madre me dijo que eras una buena chica de carácter tranquilo. Dijo que hasta podías ser virgen. —Sonrió. Pareció aún más cansado—. Probablemente debería decirle que estaba equivocada.

Tiré más cupones al suelo, junté las manos, me clavé las uñas en la piel.

—Me puse contento cuando vi tu foto —dijo él, relamiéndose—. Tienes la piel clara. Tenía que pensar en mis hijos. A los negros con la piel clara les va mucho mejor en Estados Unidos.

Lo observé comer el resto del pollo rebozado y me fijé que no había terminado de masticar cuando bebió un sorbo de agua.

Esa noche, mientras se duchaba, me vestí con la ropa que él no me había comprado, dos *boubous* bordados y un caftán, todo de mi tía Ada, que guardaba en la maleta de plástico que había traído de Nigeria, y fui al apartamento de Nia.

Me preparó un té con leche y azúcar, y se sentó conmigo a su mesa redonda con tres taburetes altos alrededor.

—Si quieres llamar a tu familia, puedes hacerlo desde aquí. Quédate todo el tiempo que quieras; haré un plan de financiación con Bell Atlantic.

—No tengo a nadie con quien hablar en mi país —dije, mirando la cara en forma de pera de la escultura que había en el estante de madera. Los ojos huecos me devolvieron la mirada.

—¿Qué hay de tu tía?

Sacudí la cabeza. «¿Has dejado a tu marido? —gritaría con voz aguda—. ¿Estás loca? ¿Quién tira un huevo de gallina de Guinea? ¿Sabes cuántas mujeres darían los ojos por un médico norteamericano? ¿Por un marido cualquiera?» Y tío Ike me echaría en cara mi ingratitud, mi estupidez, cerrando los puños y la cara antes de colgar bruscamente el teléfono.

—Él debería haberte hablado de ello, pero no fue un matrimonio de verdad, Chinaza —dijo Nia—. Leí en un libro que el enamoramiento no es una caída sino una escalada hacia el amor. Tal vez si te tomaras tiempo…

—No es eso.

—Lo sé. —Nia suspiró—. Solo trato de ser positiva. ¿Había alguien en tu país?

—Lo hubo una vez, pero era demasiado joven y no tenía dinero.

—Suena chungo.

Revolví el té aunque no hiciera falta.

—Me gustaría saber por qué mi marido tuvo que buscarse una esposa en Nigeria.

—Nunca lo llamas por su nombre. ¿Es algo cultural?

—No.

Miré el individual de la mesa, hecho de tela impermeable. Quería decir que era porque no sabía su nombre, no le conocía.

—¿Has conocido a la mujer con la que se casó? ¿O a alguna de sus novias? —pregunté.

Nia desvió la cabeza. La clase de giro de cabeza que dice o pretende decir mucho. El silencio se prolongó entre ambas.

—¿Nia? —pregunté por fin.

—Follé con él hace casi dos años, cuando se mudó aquí. Follé con él durante una semana y se acabó. Nunca salimos. Nunca lo he visto salir con nadie.

—Oh —dije, y bebí mi té con leche y azúcar.

—Tenía que ser sincera contigo y aclararlo todo.

—Sí.

Me levanté para mirar por la ventana. Fuera el mundo parecía momificarse bajo una capa de blancura mortecina. En las aceras la nieve se amontonaba alcanzando la estatura de un niño de seis años.

—Podrías esperar a tener los papeles en regla para dejarlo —dijo Nia—. Podrías pedir ayudas del Estado mientras resuelves tu situación, buscas un trabajo y un lugar donde vivir, y empiezas una nueva vida. Son los putos Estados Unidos de América, por Dios.

Se acercó a mí y miró también por la ventana. Tenía razón, no podía irme todavía. La noche siguiente volví a cruzar el pasillo. Llamé al timbre y él abrió la puerta, se hizo a un lado y me dejó pasar.

## MAÑANA ESTÁ DEMASIADO LEJOS

Fue el último verano que pasaste en Nigeria, el verano anterior al divorcio de tus padres, antes de que tu madre jurara no volver a poner un pie en Nigeria para ver a la familia de tu padre, en particular a tu abuela. Todavía ahora, dieciocho años después, recuerdas claramente el calor que hizo ese verano, el ambiente bochornoso que se respiraba en el patio de tu abuela, un patio con tantos árboles que el cable del teléfono se enredaba con las hojas y las distintas ramas se tocaban, y a veces aparecían mangos en los castaños y guayabas en los mangos. La gruesa capa de hojas en descomposición era blanda bajo tus pies desnudos. Por las tardes las abejas de vientre amarillo zumbaban alrededor de tu cabeza, la de tu hermano Nonso y la de tu primo Dozie, y por las noches la abuela solo dejaba a tu hermano Nonso trepar a los árboles para sacudir una rama cargada de fruto, a pesar de que tú trepabas mejor. Llovían los aguacates, los anacardos, las guayabas, y el primo Dozie y tú llenabais viejos cubos.

Fue el verano que la abuela enseñó a Nonso a arrancar los cocos. Los cocoteros, tan altos y sin ramas, eran difíciles de trepar, y la abuela le dio un palo largo y le enseñó a agitar las vainas acolchadas. A ti no te enseñó porque decía que no era cosa de niñas. La abuela partía los cocos golpeándolos con cuidado contra una piedra y la leche acuosa se quedaba en la mitad inferior, una taza irregular. Todos bebían un sorbo de la leche enfriada por el viento, incluidos los niños de la calle que salían a jugar, y la abuela presidía el ritual para asegurarse de que Nonso era el primero.

Fue el verano que le preguntaste a tu abuela por qué el primer sorbo era para Nonso en lugar de para Dozie, que tenía trece años, uno más, y la abuela respondió que Nonso era el único hijo de su hijo, el que llevaría el apellido Nnabuisi, mientras que Dozie solo era un *nwadiana*, el hijo de una hija. Fue el verano que encontraste en el césped la piel de una serpiente, entera e intacta como una media transparente, y la abuela os dijo que se llamaba *echi eteka*, «Mañana está demasiado lejos». Un mordisco, dijo, y en diez minutos se ha acabado todo.

No fue el verano que te enamoraste de tu primo Dozie porque lo hiciste unos veranos antes, cuando él tenía diez años y tú siete, y os metíais los dos en el diminuto espacio que había detrás del garaje de la abuela, y él trataba de embutir lo que llamabais su «plátano» en lo que llamabais tu «tomate», pero ninguno de los dos estaba seguro de cuál era el agujero. Pero sí fue el verano que cogiste piojos, y el primo Dozie y tú explorasteis tu larga melena buscando los diminutos insectos negros para aplastarlos entre las uñas y reíros del ruido que hacían sus estómagos llenos de sangre al reventar; el verano que tu odio hacia tu hermano Nonso aumentó tanto que notaste que te obstruía las fosas nasales, y tu amor por tu primo Dozie se infló y te rodeó la piel.

Fue el verano que viste cómo el mango se partía limpiamente en dos mitades en una tormenta en la que los rayos recorrieron con feroces líneas el cielo.

Fue el verano que Nonso murió.

La abuela no lo llamaba verano. Nadie lo hacía en Nigeria. Era agosto, entre la estación lluviosa y el *harmattan*. Llovía torrencialmente todo el día, y la lluvia plateada azotaba el porche donde Nonso, Dozie y tú apartabais los mosquitos a manotazos mientras comíais mazorcas asadas; o hacía un sol cegador y os bañabais en la balsa que la abuela había dividido por la mitad para que disfrutarais de una piscina improvisada. El día que Nonso murió hizo temperaturas bastante suaves; lloviznó por la mañana, el sol brilló suavemente por la tarde y por la noche murió él. La abuela le gritó, gritó a su cuerpo sin vida *i laputago m*, que la había traicionado, porque ¿quién iba a llevar ahora el apellido de Nnabuisi que protegía el linaje de la familia?

Al oírla los vecinos acudieron. Fue la mujer de la casa de enfrente, la del perro que hurgaba en el cubo de la basura de la abuela por las mañanas, quien sacó de tus labios entumecidos el número de Estados Unidos y llamó a tu madre. Fue la misma vecina quien te soltó de la mano de Dozie, os hizo sentar a los dos y os ofreció agua. También trató de abrazarte para que no oyeras hablar a la abuela con tu madre, pero te escabulliste y te acercaste al teléfono. La abuela y tu madre se concentraron en el cuerpo de Nonso antes que en su muerte. Tu madre insistía en trasladar inmediatamente el cadáver en avión a Estados Unidos y la abuela repetía las palabras de tu madre y sacudía la cabeza. La locura acechaba en sus ojos.

Sabías que a tu abuela nunca le había gustado tu madre. (Se lo habías oído decir un verano delante de una amiga: «Esa americana negra ha embaucado a mi hijo y se lo ha metido en el bolsillo».) Pero oyéndola hablar entonces por teléfono, entendiste que ella y tu madre estaban unidas. Estabas segura de que en los ojos de tu madre había la misma locura furiosa.

Cuando hablaste con tu madre, su voz resonó por la línea como nunca lo había hecho cuando Nonso y tú pasabais los veranos con la abuela. ¿Estás bien?, no paraba de preguntarte ella. ¿Estás bien? Sonaba asustada, como si sospechara que estabas bien a pesar de la muerte de Nonso. Jugueteaste con el cable del teléfono sin decir gran cosa. Ella dijo que avisaría a tu padre, aunque estaba en algún lugar perdido asistiendo a un festival de Black Arts donde no había teléfonos ni radio. Al final soltó un solloza agudo que sonó como un ladrido, antes de decirte que todo se arreglaría y que se encargaría de que trasladaran en avión el cuerpo de Nonso. Te hizo pensar en su risa, que le nacía en el fondo del estómago y no se suavizaba al salir, contrastando con su cuerpo esbelto. Cuando entraba en la habitación de Nonso para darle las buenas noches, siempre salía riéndose con esa risa. La mayoría de las veces te tapabas los oídos para no oírla, y seguías tapándotelos aunque luego entrara en tu habitación para decirte: «Buenas noches, cariño, que duermas bien». Nunca salía de tu habitación riéndose con esa risa.

Después de la llamada telefónica la abuela se tumbó de espaldas en el suelo y, con la mirada fija, se balanceó de un lado al otro, como si se tratara de alguna clase de juego tonto. Decía que no le parecía bien trasladar el cadáver de Nonso a Estados Unidos, que su espíritu siempre flotaría allí. Pertenecía a esa tierra dura que no había sabido absorber el impacto de su caída. Su lugar estaba entre esos árboles, uno de los cuales lo había soltado. Tú te sentaste y la observaste, y al principio deseaste que se levantara y te abrazara, luego deseaste que no lo hiciera.


Han pasado dieciocho años y los árboles del patio de la abuela no han cambiado; siguen extendiendo las ramas y abrazándose, arrojando sombras por el patio. Pero todo lo demás parece más pequeño: la casa, el jardín del fondo, la balsa de color cobre a causa del óxido. Hasta la tumba de la abuela que está en el patio trasero parece diminuta, e imaginas el cuerpo encogido para caber en un ataúd tan pequeño. La tumba está cubierta de una fina capa de cemento; la tierra de alrededor ha sido removida hace poco, y te detienes a su lado y te la imaginas dentro de diez años, abandonada, con una maraña de malas hierbas que cubren el cemento, asfixiándola.

Dozie te está observando. En el aeropuerto te ha abrazado con cautela, te ha dicho bienvenida, qué sorpresa que hayas vuelto, y tú lo has mirado largo rato en la concurrida y caótica sala hasta que él ha desviado los ojos, castaños y tristes como los del caniche de tu amigo. Pero no te hace falta mirarlo para saber que el secreto sobre la muerte de Nonso está a salvo con él, siempre lo ha estado. Mientras te llevaba a casa de la abuela, te ha preguntado por tu madre y tú le has explicado que ahora vive en California; no has mencionado que está en una comuna entre gente que va con la cabeza afeitada y los pechos con piercings, ni que cuando te llama siempre cuelgas dejándola con la palabra en la boca.

Te diriges al aguacate. Dozie sigue observándote, y tú lo miras y tratas de recordar el amor que te inundó por completo ese verano en que tenías diez años, que te hizo cogerle la mano con fuerza la tarde en que murió Nonso, cuando la madre de Dozie, tu tía Mgbechibelije, fue a buscarlo. Hay un ligero pesar en las arrugas que le surcan la frente, cierta melancolía en su forma de estar de pie con los brazos a los costados. De pronto te preguntas si él también siente nostalgia. Nunca supiste lo que había detrás de su sonrisa serena, detrás de las veces en que se sentaba tan inmóvil que las moscas de la fruta se le posaban en los brazos, detrás de las fotos que te daba y de los pájaros que encerraba en una jaula de cartón, donde los cuidaba hasta que se morían. Te preguntas qué sentía, si sentía algo, por no ser el nieto que llevaría el apellido Nnabuisi.

Tocas el tronco del aguacate en el preciso momento en que Dozie empieza a decir algo. Crees que va a hablar de la muerte de Nonso y te sobresaltas, pero dice que nunca imaginó que volverías para despedirte de la abuela porque sabía cuánto la odiabas. Ese verbo, «odiar», flota en el aire entre vosotros como una acusación. Quieres decirle que cuando llamó a Nueva York y oíste su voz por primera vez en dieciocho años para decirte que había muerto la abuela («Pensé que querrías saberlo», fueron sus palabras), te inclinaste sobre tu escritorio porque te fallaban las piernas, sintiendo cómo toda una vida de silencio se derrumbaba, y no fue en la abuela en quien pensaste, sino en Nonso, y en él, en el aguacate y en ese verano húmedo en el reino amoral de la niñez, y en todas las cosas que nunca te habías permitido pensar, que habías reducido al mínimo y escondido sin más.

Pero te callas y aprietas las palmas contra el áspero tronco del árbol. El dolor te calma. Te recuerdas comiendo aguacates: a ti te gustaban con sal y a Nonso no, y la abuela siempre se reía diciendo que no sabías lo que era bueno al decir que el aguacate sin sal te provocaba náuseas.

En el funeral de Nonso que tuvo lugar en un frío cementerio de Virginia, entre lápidas que sobresalían de un modo obsceno, tu madre iba vestida de la cabeza a los pies de un negro desteñido, incluido el velo, que hacía brillar su piel color canela. Tu padre no se acercó a ninguna de las dos, con su habitual *dashiki* y sus cauríes color leche alrededor del cuello. No parecía un pariente, sino uno de los invitados que lloraba ruidosamente. Más tarde preguntó a tu madre cómo había muerto exactamente Nonso, cómo había caído de uno de los árboles que había trepado desde que era niño.

Tu madre no dijo nada a toda esa gente que hacía preguntas. Tampoco te dijo nada a ti, ni siquiera cuando limpió la habitación de Nonso y recogió sus cosas. No te preguntó si querías quedarte con algo suyo y te sentiste aliviada. No querías guardar ninguno de sus libros con esas anotaciones de su puño y letra que tu madre decía que se entendían mejor que las frases impresas. No querías ninguna de las fotos de palomas que había hecho en el parque y que tu madre aseguraba que eran tan prometedoras para un niño. No querías sus cuadros, que eran simples copias de los de tu padre pero con otros colores. Ni su ropa. Ni su colección de sellos.

Tu madre sacó por fin el tema de Nonso tres meses después de su funeral, cuando te habló del divorcio. Dijo que el divorcio no era por él, que tu padre y ella hacía mucho que se habían distanciado. (Tu padre estaba entonces en Zanzíbar; se había ido inmediatamente después del funeral.) Luego te preguntó: «¿Cómo murió Nonso?».

Sigues asombrándote de cómo salieron esas palabras de tu boca. Sigues sin reconocer a la niña de ojos claros que eras.

Tal vez fuera por el modo en que ella dijo que el divorcio no era por Nonso, como si solo él pudiera ser el motivo y tú no pintaras nada. O tal vez fue simplemente por el ardiente deseo que todavía sientes a veces, la necesidad de alisar aristas, de allanar lo que te parece demasiado abrupto. Dijiste a tu madre, con el tono de quien es reacio a hablar, que la abuela había pedido a Nonso que subiera a la rama más alta del aguacate para demostrar lo hombre que era. Luego lo asustó, en broma, aseguraste a tu madre, diciéndole que había una serpiente, la *echi eteka*, en la rama de al lado. Le dijo que no se moviera. Él, como es natural, se movió y resbaló de la rama, y cuando aterrizó, el ruido fue el de muchos frutos cayendo a la vez. Un último plaf. La abuela se quedó allí mirándolo y empezó a gritarle que era el único hijo, que había traicionado el linaje al morir y lo enfadados que estarían sus antepasados. Él todavía respiraba, dijiste a tu madre. Respiraba cuando cayó, pero la abuela se quedó allí parada gritando a su cuerpo destrozado hasta que expiró.

Tu madre empezó a chillar. Y te preguntaste si la gente gritaba enloquecida cuando decidía rechazar la verdad. Sabía perfectamente que Nonso se había golpeado la cabeza contra una piedra y había muerto en el acto, había visto el cuerpo, la cabeza abierta. Pero prefería creer que había estado vivo después de caer. Lloró, aulló y maldijo el día que había puesto los ojos en tu padre en la primera exposición de su obra. Luego lo llamó por teléfono y la oíste gritar: «¡Tu madre es la responsable! ¡Lo asustó y le hizo caer! ¡Podría haber hecho algo, pero se quedó allí plantada, esa estúpida africana fetichista, y lo dejó morir!».

Tu padre habló contigo luego, dijo que entendía lo duro que era para ti, pero que debías tener cuidado con lo que decías para no causar más daño. Y tú reflexionaste sobre sus palabras —cuidado con lo que dices— y te preguntaste si él sabía que mentías.

Ese verano de hacía dieciocho años fue el verano del primer descubrimiento de ti misma. El verano que supiste que tenía que ocurrirle algo a Nonso para que tú pudieras sobrevivir. Aun a los diez años, sabías que hay personas que ocupan demasiado espacio por el mero hecho de existir, que ahogan a las demás. Luego se lo explicaste a Dozie, le dijiste que los dos necesitabais que Nonso se hiciera daño, tal vez que se lisiara o se torciera las piernas. Querías que mermase la perfección de su cuerpo ágil, volverlo menos encantador, menos capaz de hacer todo lo que hacía. Menos capaz de ocupar tu espacio. Dozie no dijo nada, se limitó a dibujarte con los ojos en forma de estrellas.

La abuela estaba dentro de la casa cocinando y Dozie se quedó callado a tu lado, rozándote los hombros, cuando sugeriste a Nonso que subiera a lo alto del aguacate. Fue fácil convencerlo; solo tuviste que recordarle que tú trepabas mejor que él. Y era cierto, eras capaz de trepar cualquier árbol en unos segundos; eras mejor en todo lo que podías aprender a hacer tú sola, en todo lo que la abuela no podía enseñarle a hacer a él. Le pediste que fuera él primero, para ver si podía llegar a la rama más alta antes de seguirlo. Las ramas eran frágiles y Nonso pesaba más que tú, por toda la comida que la abuela le hacía comer. Come un poco más, le decía a menudo. ¿Para quién crees que lo he hecho? Como si tú no estuvieras allí. A veces te daba unas palmaditas en la espalda y te decía en igbo: Está muy bien que aprendas, *nne*, así podrás cuidar algún día de tu marido.

Nonso trepó por el árbol. Cada vez más alto. Esperaste a que llegara casi arriba, hasta que sus piernas titubearon antes de continuar. Esperaste ese breve momento entre dos movimientos. Un momento abierto en el que viste lo azul de todo, de la vida misma, el azul puro de uno de los cuadros de tu padre, de la oportunidad, de un cielo lavado por una lluvia matinal. Entonces gritaste: «¡Una serpiente! ¡Es la *echi eteka*!». No estabas segura de si añadir que estaba en la rama de al lado o deslizándose por el tronco. Pero no importó, porque en esos pocos segundos Nonso bajó la vista y se soltó, se le resbalaron los pies, se le desprendieron los brazos. O tal vez el árbol simplemente se desentendió de él.

No recuerdas cuánto tiempo te quedaste allí parada mirando a Nonso, con Dozie callado a tu lado, antes de entrar a llamar a la abuela.


La palabra que utiliza Dozie, «odiar», flota en tu cabeza. Odiar. Odiar. Odiar. Hace que te cueste respirar, como en los meses que siguieron a la muerte de Nonso, cuando esperaste que tu madre se fijara en que tenías la voz pura como el agua y las piernas elásticas como gomas, o que saliera de tu habitación por la noche con esa risa profunda. En lugar de ello te abrazaba con aprensión al darte las buenas noches, siempre en un susurro, y tú empezaste a evitar sus besos fingiendo toses y estornudos. En todos esos años que te llevó de un estado a otro, encendiendo velas rojas en su habitación, prohibiendo hablar de Nigeria o de la abuela, sin dejarte ver a tu padre, nunca volvió a reírse con esa risa.

Dozie habla, dice que hace unos años empezó a soñar con Nonso, que en los sueños Nonso es mayor y está más alto que él, y tú oyes caer un fruto de un árbol y le preguntas, sin volverte: «¿Qué querías? Ese verano, ¿qué querías?».

No sabes cuándo se ha movido Dozie, cuándo se ha colocado detrás de ti, tan cerca que te llega el olor a cítrico que desprende, tal vez ha pelado una naranja y no se la lavado las manos después. Te da la vuelta y te mira, y tú le sostienes la mirada, y hay finas arrugas en su frente y una nueva dureza en su mirada. Te dice que nunca se le ocurrió querer nada porque todo lo que importaba era lo que tú querías. Hay un largo silencio mientras observas la columna de hormigas negras que trepan por el tronco, cada una acarreando un poco de pelusa blanca, creando un diseño blanco y negro. Te pregunta si soñaste, como soñó él, y tú respondes que no rehuyendo su mirada. Él te da la espalda. Quieres hablarle del dolor en el pecho, el vacío en los oídos y la agitación en el aire que notaste después de su llamada telefónica, las puertas que se abrieron de golpe, los sentimientos aplastados que afloraron, pero él ya se está alejando. Y te quedas sola debajo del aguacate, llorando.

## LA HISTORIADORA OBSTINADA

Muchos años después de que se muriera su marido, Nwamgba todavía cerraba los ojos de vez en cuando para revivir las visitas nocturnas que él solía hacerle en su cabaña y las mañanas siguientes, cuando iba al arroyo tarareando una canción, pensando en el olor a humo y en la firmeza de su cuerpo, en todos esos secretos que compartía consigo misma, sintiéndose rodeada de luz. Otros recuerdos de Obierika también seguían vívidos: sus dedos rechonchos alrededor de la flauta cuando tocaba por las noches, su deleite cuando le ponía delante un plato de comida, su espalda sudorosa cuando volvía con cestas llenas de barro fresco para las vasijas que ella hacía. Desde el primer momento en que lo había visto en un combate de lucha durante el cual no habían parado de mirarse, cuando los dos eran demasiado jóvenes y ella aún no llevaba a la cintura el paño de menstruación, había creído con silenciosa obstinación que su *chi* y el de él estaban hechos para el matrimonio. Así, cuando él fue a ver a su padre unos años después con jarros de vino de palma y acompañado de sus parientes, ella dijo a su madre que ese era el hombre con quien iba a casarse. Su madre se quedó horrorizada. ¿Acaso no sabía que Obierika era hijo único, que su difunto padre había sido hijo único y sus esposas habían perdido embarazos y enterrado a bebés? Tal vez un miembro de su familia había cometido el tabú de vender a una niña como esclava y el dios de la tierra Ani los estaba castigando. Nwamgba no hizo caso a su madre. Fue al *obi* de su padre y amenazó con escapar de la casa de cual-

quier otro hombre si no le permitía casarse con Obierika. Su
padre encontraba agotadora a esa hija mordaz y testaruda que
en una ocasión había derribado a su hermano en una lucha.
(Después había advertido a todos que no corrieran la voz de
que la chica había tumbado al chico.) A él también le preocupaba la infertilidad de la familia de Obierika. Pero era una
familia bien: su difunto padre había recibido el título *ozo*;
Obierika ya estaba repartiendo semillas de ñame entre los
aparceros. A Nwamgba no le iría mal si se casaba con él. Además, era mejor dejarla ir con el hombre de su elección; eso le
ahorraría años de problemas en los que ella volvería continuamente a casa tras enfrentamientos con la familia política. Así
pues, le dio su bendición, y ella sonrió y lo llamó por su nombre de alabanza.


Obierika acudió a pagar el precio de la dote con dos primos
maternos, Okafo y Okoye, que eran como hermanos para él.
Nwamgba los detestó a primera vista. Esa tarde, mientras bebían vino de palma en el *obi* de su padre, vio en sus ojos una
envidia codiciosa, y los años que siguieron, años en que Obierika recibió un título, amplió sus tierras y vendió sus ñames
a desconocidos procedentes de lugares remotos, vio intensi-
ficarse esa envidia. Pero los toleró, porque eran importantes
para Obierika, quien fingía no darse cuenta de que, en lugar
de trabajar, acudían a él para pedirle ñames y pollos, porque
quería creer que tenía hermanos. Fueron ellos quienes, al tercer aborto natural de ella, lo apremiaron para que tomara otra
mujer. Obierika respondió que se lo pensaría, pero cuando
Nwamgba y él se quedaron solos en su cabaña por la noche,
él le dijo que estaba seguro de que tendrían la casa llena de
hijos, y que no pensaba casarse con otra mujer hasta que se
hicieran mayores, para tener a alguien que los cuidara. Al principio a ella le pareció extraño, un hombre próspero con una
sola mujer, y se angustió aún más por su infertilidad, y por las
canciones que cantaba la gente, las melodiosas palabras llenas

de malicia: «Ha vendido su útero. Le ha comido el pene. Él toca su flauta y le entrega a ella su riqueza».

En una reunión a la luz de la luna en la plaza en la que las mujeres contaban historias y aprendían, un grupo de chicas vieron a Nwamgba y empezaron a cantar, apuntando hacia ella sus pechos agresivos. Nwamgba se detuvo y les preguntó si les importaba cantar un poco más alto para poder oír la letra y enseñarles cuál era la mejor de las dos tortugas. Las chicas dejaron de cantar. Ella disfrutó viendo su miedo y cómo retrocedían, pero fue en aquel momento cuando decidió buscar ella misma una esposa para Obierika.

A Nwamgba le gustaba ir al arroyo de Oyi, quitarse la tela que llevaba enrollada en la cintura y bajar hasta la corriente plateada que brotaba de una roca. Las aguas del Oyi eran más frescas que las del otro arroyo, el Ogalanya, o tal vez era que le reconfortaba el altar de la diosa Oyi, escondido en un recodo; de niña había aprendido que Oyi era la protectora de las mujeres, la razón por la que no las vendían como esclavas. Su mejor amiga, Ayaju, ya estaba en el arroyo, y mientras la ayudaba a colocarse el cántaro sobre la cabeza, le preguntó quién creía que podía ser una buena segunda esposa para Obierika.

Ayaju y ella habían crecido juntas y se habían casado con hombres del mismo clan. La diferencia entre ellas estaba en que Ayaju era descendiente de esclavos; su padre había llegado allí como esclavo después de una guerra. Ayaju no amaba a su marido, Okenwa, quien, según ella, se parecía y olía como una rata, pero sus perspectivas matrimoniales habían sido limitadas; ningún hombre de una familia nacida libre habría pedido nunca su mano. El cuerpo de miembros largos y movimientos rápidos de Ayayu hablaba de muchos viajes comerciales; había llegado más allá de Onicha. Era ella quien había traído noticias de las extrañas costumbres de los comerciantes igala y edo, y la primera que había hablado de los hombres de piel blanca que habían llegado a Onicha con espejos, telas y las pistolas más grandes que se habían visto en aquellos parajes. Ese cosmopolitismo le había valido un respeto en la comunidad y era la única descendiente de esclavos que hablaba en el Consejo de Mujeres, la única que tenía respuestas para todo.

Ella enseguida sugirió como segunda esposa de Obierika a la joven de la familia Okonkwo; tenía unas bonitas caderas anchas y era respetuosa, a diferencia de las demás jóvenes que tenían la cabeza llena de pájaros. Mientras volvían a casa, Ayaju sugirió a Nwamgba que hiciera lo que hacían otras mujeres en su situación: tomar un amante y embarazarse para continuar el linaje de Obierika. La respuesta de Nwamgba fue cortante, porque no le gustó que diera a entender que Obierika era impotente, y como en respuesta a sus pensamientos, sintió una puñalada furiosa en la espalda y supo que volvía a estar embarazada. Pero no dijo nada, porque supo también que volvería a perder a la criatura.

El aborto tuvo lugar unas semanas después, cuando notó la sangre grumosa que le bajaba por las piernas. Obierika la consoló y propuso que fueran al famoso oráculo de Kisa en cuanto ella se encontrara lo bastante fuerte para emprender el viaje de media jornada. Después de que el *dibia* hubo consultado el oráculo, Nwamgba se sintió avergonzada solo de pensar en sacrificar una vaca entera; Obierika tenía antepasados codiciosos, era evidente. Pero realizaron los sacrificios y los rituales de purificación, y cuando ella propuso ir a ver a la familia Okonkwo para hablar de la hija, él dio largas, hasta que otro dolor agudo recorrió la espalda de Nwamgba y meses después, tumbada sobre un montón de hojas de plátano recién lavadas detrás de su choza, empujó con todas sus fuerzas hasta que salió la criatura.

Le pusieron el nombre de Anikwenwa: el dios de la tierra, Ani, por fin les había concedido un hijo. Era moreno y de constitución fuerte, y tenía la curiosidad alegre de Obierika. Este se lo llevaba a coger hierbas medicinales, a buscar barro para las vasijas de cerámica de Nwamgba o a retorcer los tallos de ñame en la granja. Los primos de Obierika, Okafo y Okoye, iban a verlos a menudo. Se maravillaban de lo bien que tocaba Aniwenwa la flauta, o de lo deprisa que había aprendido a recitar poesía y a hacer los movimientos de lucha de su padre, pero Nwamgba veía la furiosa malevolencia que sus sonrisas no lograban ocultar. Temía por su hijo y por su marido, y cuando Obierika murió, un hombre sano que se había reído y bebido vino de palma momentos antes de desplomarse, supo que lo habían matado ellos con una medicina. Abrazó su cuerpo hasta que un vecino la abofeteó para que lo soltara; yació entre las frías cenizas durante días; se mesó el pelo afeitado con diseños. La muerte de Obierika la sumió en una desesperación infinita. Pensó a menudo en la mujer que, al morir su décimo hijo consecutivo, había salido al patio trasero y se había colgado de un árbol de la cola. Pero ella no podía hacerlo por Anikwenwa.

Más tarde lamentó no haber insistido en que sus primos bebieran el *mmili ozu* de Obierika antes del oráculo. Lo había visto una vez, cuando un hombre rico había muerto y su familia se había empeñado en que su rival bebiera su *mmili ozu*. Nwamgba había observado a la joven soltera tomar una hoja llena de agua y tocar con ella el cuerpo del muerto y, sin dejar de pronunciar palabras solemnes, ofrecérsela al hombre acusado. Él bebió. Todo el mundo observó para asegurarse de que tragaba, en un silencio sentencioso porque sabían que si era culpable moriría. Murió días después y su familia inclinó la cabeza de la vergüenza; Nwamgba se sintió extrañamente removida por todo ello. Debería haber insistido en que lo hicieran los primos de Obierika, pero había estado cegada por el dolor, y una vez lo hubo enterrado fue demasiado tarde.

Durante el funeral los primos se apoderaron del colmillo de marfil de Obierika, alegando que los símbolos de los títulos pasaban a los hermanos, no a los hijos. Fue al verlos vaciar el cobertizo de ñames y llevarse las cabras adultas del corral cuando Nwamgba se enfrentó a ellos y les gritó, y cuando ellos no hicieron caso, esperó a que se hiciera de noche para pasearse por el pueblo cantando sobre su malicia y las abominaciones que estaban amontonando sobre la tierra al estafar a una viuda, hasta que los ancianos les pidieron que la dejaran tranquila. Ella se quejó ante el Consejo de Mujeres, y esa noche veinte mujeres acudieron a la casa de Okafo y Okoye blandiendo manos de mortero y les advirtieron que dejaran a Nwamgba en paz. Los miembros del grupo de edad de Obierika también les pidieron que la dejaran tranquila. Pero Nwamgba sabía que esos primos codiciosos no se detendrían. Soñó con matarlos. Sin duda podía hacerlo y acabar con esos fantoches que habían vivido a costa de Obierika en lugar de trabajar, pero la desterrarían y no habría nadie que cuidara de Anikwenwa. De modo que daba largos paseos con su hijo, señalándole que la tierra desde aquella palmera hasta ese plátano era suya, que había pasado del abuelo a su padre. Le explicó las mismas cosas una y otra vez, aunque él pareciera aburrido y desconcertado, y a menos que ella lo vigilara no le dejaba salir a jugar a la luz de la luna.

Ayaju regresó de uno de sus viajes comerciales con otra noticia: las mujeres de Onicha se quejaban de los blancos. Habían aceptado los puestos de venta de los blancos pero estos de pronto pretendían decirles cómo debían comerciar, y cuando los ancianos de Agueke, un clan de Onicha, se negaron a estampar el pulgar en un papel, los blancos acudieron por la noche con sus sirvientes, que eran hombres normales, y arrasaron el pueblo. No quedó nada. Nwamgba no lo entendía. ¿Qué clase de armas tenían los blancos? Ayaju se rió y dijo que sus armas no se parecían al trasto oxidado que tenía su marido. Había unos blancos que se dedicaban a visitar los distintos clanes para pedir a los padres que llevaran a sus hijos al colegio, y ella había decidido mandar a Azuka, el hijo que menos trabajaba en la granja, porque aunque ella era rica y respetada, seguía siendo descendiente de esclavos y sus hijos todavía no podrían acceder a los títulos. Quería que Azuka aprendiera las costumbres de esos extranjeros, porque los que gobernaban a otros no eran los mejores sino los que tenían las mejores armas; después de todo, a su padre nunca lo habrían tomado como esclavo si su clan hubiera estado mejor armado que el clan de Nwamgba. Mientras Nwamgba escuchaba a su amiga, fantaseó con matar a los primos de Obierika con las armas de los blancos.

El día que los blancos visitaron su clan, Nwamgba dejó la vasija que se disponía a meter en el horno, y corrió a la plaza con Anikwenwa y la joven que tenía de aprendiz. De entrada el aspecto común y corriente de los dos blancos le decepcionó; del color de los albinos, y con los miembros esbeltos y frágiles, parecían inofensivos. Sus compañeros eran hombres normales, pero tenían un aire extranjero, y solo uno de ellos hablaba igbo con acento extraño. Dijo ser de Elele; los otros hombres normales eran de Sierra Leona, y los blancos de Francia, al otro lado del mar. Todos pertenecían a la Congregación del Espíritu Santo; habían llegado en 1885 a Onicha, donde construyeron una escuela y una iglesia. Nwamgba fue la primera en preguntar algo: si por casualidad habían traído sus armas, las que utilizaron para destruir a la gente de Agueke, y si podía ver una. El hombre respondió con tristeza que habían sido los soldados del gobierno británico y los comerciantes de la Real Compañía del Níger quienes habían destruido pueblos; ellos en cambio traían una buena noticia. Habló de su dios, que había venido al mundo para morir, que tenía un hijo pero ninguna esposa, y que era al mismo tiempo tres y uno. Muchas de las personas que rodeaban a Nwamgba se rieron a carcajadas. Unas se fueron, porque habían imaginado que el blanco estaría lleno de sabiduría. Otras se quedaron y les ofrecieron cuencos de agua fría.

Unas semanas después Ayaju llegó con otra noticia: los blancos habían establecido en Onicha un tribunal que resolvía las disputas. Habían llegado, en efecto, para quedarse. Por primera vez Nwamgba receló de su amiga. Los habitantes de Onicha ya debían de tener sus tribunales. El clan próximo al de Nwamgba, por ejemplo, solo convocaba su tribunal durante el nuevo festival del ñame, de modo que el resentimiento se acumulaba mientras esperaban a que se hiciera justicia. Era un sistema estúpido, pensaba Nwamgba, pero cada clan tenía el suyo. Ayaju se rió y volvió a decir a Nwamgba que los que gobernaban a los demás eran los que tenía las mejores armas. Su hijo ya estaba aprendiendo esas costumbres extranjeras y Anikwenwa tal vez debería aprenderlas también. Nwamgba se negó. No pensaba entregar a su único hijo, su único ojo, a los blancos, por superiores que fueran sus armas.

En los años que siguieron, tres acontecimientos contribuyeron a que Nwamgba cambiara de opinión. El primero fue que los primos de Obierika se apropiaron de un gran pedazo de tierra y aseguraron a los ancianos que iban a cultivarlo por ella, una mujer que había castrado a su difunto hermano y que ahora se negaba a casarse de nuevo aunque acudían los pretendientes y seguía teniendo los pechos redondeados. Los ancianos se pusieron de parte de ellos. El segundo fue que Ayaju le habló de dos hombres que habían llevado al tribunal de los blancos sus conflictos sobre tierras; el primer hombre mintió pero hablaba el idioma de los blancos, mientras que el segundo, el legítimo dueño de la tierra, no sabía el idioma y perdió el caso, y lo golpearon, lo encerraron y le ordenaron que renunciara a su tierra. El tercer acontecimiento fue el caso del joven Iroegbunam, que había desaparecido hacía muchos años y de pronto reapareció ya adulto. Su madre viuda enmudeció de horror al oír su historia: un vecino, a quien su padre a menudo gritaba en las reuniones de su grupo de edad, lo había raptado mientras su madre iba al mercado y lo había llevado a los traficantes de esclavos de Aro, quienes tras echarle un vistazo se habían quejado de que la herida en la pierna reduciría su precio. Luego lo ataron por las manos a los demás, formando una larga columna humana, y lo golpearon con un palo para que caminara más deprisa. Entre ellos solo había una mujer. Gritó hasta quedarse ronca, diciendo a los raptores que eran crueles, que su espíritu los atormentaría a ellos y a sus descendientes, que sabía que iban a venderla a los blancos, y si no sabían que la esclavitud de los blancos era muy diferente, que los trataban como cabras y los metían en grandes barcos, y al final de largas travesías se los comían. Iroegbunam no paró de caminar con los pies ensangrentados, el cuerpo entumecido, bebiendo de vez en cuando el agua que le ofrecían, hasta que todo lo que pudo recordar más tarde fue el olor del polvo. Finalmente se detuvieron en un clan de la costa, donde un hombre habló en un igbo casi incomprensible, pero Iroegbunam entendió lo justo para enterarse de que el responsable de vender a los raptados a los blancos del barco había ido a negociar con ellos pero él mismo había sido raptado. Hubo grandes broncas y trifulcas; varios de los raptados tiraron de las cuerdas e Iroegbunam perdió el conocimiento. Cuando se despertó encontró a un blanco frotándole los pies con aceite y se quedó aterrado, convencido de que lo preparaba para comerlo. Pero era otra clase de blanco, un misionero que compraba esclavos solo para liberarlos, y se llevó a Iroegbunam a vivir con él y a formarlo para ser misionero cristiano.

La historia de Iroegbunam persiguió a Nwamgba, porque así era como probablemente se desharían los primos de Obierika de su hijo. Matarlo era demasiado peligroso, el riesgo a atraer las desgracias del oráculo era muy elevado, pero eran capaces de venderlo siempre que tuvieran suficiente medicina para protegerse a sí mismos. También se quedó estupefacta de cómo Iroegbunam se pasaba de vez en cuando al idioma de los blancos. Sonaba nasal y horrible. Nwamgba no tenía ningún deseo de hablarlo ella misma, pero de pronto decidió que Anikwenwa debía dominarlo lo bastante bien para acudir al tribunal de los blancos con los primos de Obierika y derrotarlos, y recuperar lo que le pertenecía. Así, poco después del regreso de Iroegbunam, comunicó a Ayaju su intención de llevar a su hijo al colegio.

Empezaron yendo a la misión anglicana. En la clase había más niñas que niños; varios niños curiosos entraron con sus tirachinas y al poco rato salieron. Los alumnos se sentaban con una pizarra en el regazo mientras el profesor, de pie delante de ellos con una gran vara en las manos, les hablaba de un hombre que transformaba un cuenco de agua en vino. Nwamgba se quedó impresionada con las gafas del maestro y pensó que el hombre de la historia debía de tener una medicina bastante potente para hacer semejante transformación. Pero cuando separaron a las niñas y llegó una maestra para enseñarles a coser, le pareció una tontería; en su clan se enseñaba a las niñas a hacer cerámica y era el hombre quien cosía. Sin embargo, lo que la hizo desistir por completo fue que las clases se impartieran en igbo. Nwamgba preguntó al primer maestro el motivo. Él respondió que se enseñaba inglés, por supuesto (sostuvo el manual de inglés en alto), pero los niños aprendían mejor en su propio idioma; en los países de los blancos, los niños también aprendían en su propio idioma. Nwamgba se volvió para marcharse. El maestro le cortó el paso y le dijo que los misioneros católicos eran crueles y no tenían las mejores intenciones en su corazón. A Nwamgba le divirtieron esos extranjeros que parecían no saber que había que fingir unidad ante los desconocidos. Pero había acudido allí por el idioma inglés, de modo que pasó por su lado y se dirigió a la misión católica.

El padre Shanahan dijo que Anikwenwa tendría que adoptar un nombre inglés porque no se podía bautizar con un nombre pagano. Nwamgba enseguida accedió. Para ella seguiría siendo Anikwenwa; si querían darle otro nombre que ella no sabría pronunciar antes de enseñarle su idioma, no importaba. Lo esencial era que aprendiera bien el idioma para derrotar a los primos de su padre. El padre Shanahan miró a Anikwenwa, un niño muy musculoso de tez oscura, y calculó que tenía doce años, aunque le costaba poner edad a esa gente; a veces un niño parecía un hombre, a diferencia de en África Oriental, donde había trabajado anteriormente y donde los nativos eran tan esbeltos y poco musculosos que confundían. Mientras echaba agua sobre la cabeza del chico, dijo: «Michael, yo te bautizo en el nombre del Padre, del Hijo y del Espíritu Santo».

Le dio una camiseta sin mangas y unos pantalones cortos, porque la gente del Dios Vivo no iba por ahí desnuda, y trató de predicar a la madre, pero ella lo miraba como una niña que no sabía nada. Había en ella una determinación inquietante, algo que había visto en muchas mujeres de allí; ofrecía un gran potencial si lograban domesticar su salvajismo. Esa tal Nwamgba sería una misionera maravillosa entre las mujeres. La observó marcharse. En su espalda erguida había elegancia y, a diferencia de las otras mujeres, apenas había hablado. Le irritaba la verbosidad y los proverbios solapados de esa gente, su incapacidad para ir al grano; esa era la razón por la que se había unido a la Congregación del Espíritu Santo, cuyo carisma era la redención de los paganos negros.

Nwamgba se quedó alarmada ante lo indiscriminadamente que los misioneros azotaban a los alumnos; por llegar tarde, por ser perezosos, por ser lentos, por perder el tiempo. En una ocasión, le contó Anikwenwa, el padre Lutz había esposado a una niña para darle una lección sobre la mentira, sin dejar de repetir en igbo (porque el padre Lutz chapurreaba el igbo) que los indígenas consentían demasiado a sus hijos, que las enseñanzas de la Biblia también implicaban imponer disciplina. El primer fin de semana que Anikwenwa fue a casa, Nwamgba se puso furiosa al ver los verdugones en su espalda. Se ató la tela alrededor de la cintura y fue al colegio. Dijo al profesor que les arrancaría los ojos a todos si volvían hacerle eso. Sabía que Anikwenwa no quería ir al colegio, pero ella le repetía que solo serían dos años, hasta que aprendiera inglés, y aunque en la misión le pidieron que no fuera tan a menudo, ella iba cada fin de semana para llevárselo a casa. Anikwenwa siempre se desnudaba antes de salir del recinto de la misión. Le desagradaban los pantalones cortos y la camisa, le hacían sudar y la tela le producía picor en las axilas. También le desagradaba estar en la misma clase que hombres mayores y perderse los campeonatos de lucha.

Tal vez notara las miradas de admiración que suscitaba su ropa, pero poco a poco la actitud de Anikwenwa cambió. Nwamgba se dio cuenta por primera vez cuando los chicos con los que barría la plaza del pueblo se quejaron de que ya no ayudaba porque iba al colegio y Anikwenwa les respondió algo en inglés, algo que sonó cortante y que los hizo callar, lo que la llenó de un orgullo indulgente. Su orgullo se convirtió en una vaga preocupación cuando advirtió que se había apagado la curiosidad en sus ojos. Había en él una nueva pesadez, como si cargara de pronto con un mundo excesivamente pesado. Examinaba demasiado tiempo las cosas. Dejó de comer lo que ella le preparaba porque, según dijo, se había sacrificado a ídolos. Le pidió que se enrollara la tela alrededor del pecho en lugar de la cintura porque su desnudez era pecaminosa. Ella lo miró, divertida ante su solemnidad, pero aun así se preguntó preocupada por qué el niño había empezado a notar la desnudez de su madre.

Cuando llegó el momento de su *ima mmuo*, él se negó a participar porque iniciar a los niños en el mundo de los espíritus era una costumbre pagana que, según el padre Sanan, tenía que terminar. Nwamgba le tiró de la oreja y dijo que un extranjero albino no podía decidir cuándo debían cambiar sus costumbres, que hasta que no fuera el clan el que decidiera suspender la iniciación él participaría en ella, que si era hijo suyo o del blanco. Anikwenwa accedió de mala gana, pero cuando se lo llevaron con un grupo de niños, ella notó que no compartía la emoción de los demás. La tristeza de él la entristeció. Tenía la sensación de que su hijo se le iba de las manos, y al mismo tiempo se sentía orgullosa de que estuviera aprendiendo tanto y llegara a convertirse en intérprete ante los tribunales o en escritor de cartas, y que con la ayuda del padre Lutz hubiera conseguido los papeles que demostraban que sus tierras les pertenecían. El momento de mayor orgullo fue cuando Anikwenwa fue a ver a los primos de su padre, Okafo y Okoye, y exigió que le devolvieran el cuerno de marfil, y ellos se lo dieron.

Nwamgba sabía que su hijo habitaba un espacio mental que le era ajeno. Cuando le comunicó su intención de ir a Lagos para estudiar magisterio, por mucho que ella gritara −«¿Cómo vas a dejarme sola? ¿Quién me enterrará cuando muera?»−, supo que iría. No lo vio durante muchos años, años en los que murió uno de los primos de su padre, Okafo. A menudo consultaba el oráculo para saber si seguía vivo; el *dibia* la reprendía y la despedía, porque por supuesto seguía vivo. Al fin Anikwenwa regresó, el mismo año en que el clan prohibió los perros después de que uno matara a un miembro del grupo de edad de Mmangala, el mismo al que habría pertenecido Anikwenwa si no hubiera dicho que esas cosas eran diabólicas.

Nwamgba no dijo nada cuando él anunció que lo habían nombrado catequista en la nueva misión. Afilaba el *aguba* que tenía en la palma de la mano, a punto de afeitar con dibujos el cuero cabelludo de una niña, y siguió haciéndolo mientras Anikwenwa hablaba de ganar almas en su clan. El plato de frutos del árbol del pan que le había ofrecido seguía intacto (ya no comía nada de lo que ella le daba) y ella lo miró, ese hombre con pantalones largos y un rosario alrededor del cuello, y se preguntó si ella había manipulado su destino. ¿Era eso lo que su *chi* había dispuesto para él, la vida de alguien que representa diligentemente una extraña pantomima?

El día que él le habló de la mujer con quien iba a casarse, Nwamgba no se sorprendió. Él no obró como era la costumbre, consultando a la gente acerca de la familia de la novia; se limitó a decir que a alguien de la misión le había parecido adecuada una joven de Ifite Ukpo y que la joven adecuada iba a ir a las hermanas del Santo Rosario de Onicha para aprender a ser una buena esposa cristiana. Ese día Nwamgba estaba acostada en su lecho de barro enferma de malaria y, frotándose sus doloridas articulaciones, le preguntó cómo se llamaba la joven. Anikwenwa respondió que Agnes. Nwamgba preguntó el verdadero nombre, y Anikwenwa se aclaró la voz y dijo que antes de hacerse cristiana se había llamado Mgbeke. Nwamgba le preguntó si Mgbeke seguiría al menos la ceremonia de confesión, aunque Anikwenwa no celebrara los demás ritos matrimoniales de su clan. Él sacudió la cabeza furioso y dijo que ese ritual anterior al matrimonio en que la novia rodeada de todas las mujeres de la familia juraba no haber estado con ningún hombre desde que su marido había manifestado su interés por ella era pecaminosa, porque las esposas cristianas debían de permanecer vírgenes.

La ceremonia de la boda que tuvo lugar en la iglesia fue ridículamente extraña, pero Nwamgba la soportó en silencio, diciéndose que pronto moriría y se reuniría con Obierika, y se libraría de un mundo que cada vez tenía menos sentido. Estaba resuelta a no simpatizar con la esposa de su hijo pero era difícil que no te gustara Mgbeke, una delicada criatura de fina cintura deseosa de complacer al hombre con quien se había casado, deseosa de complacer a todo el mundo, y propensa al llanto y a disculparse de todo sobre lo que no tenía control. En lugar de ello, Nwamgba la compadeció. Mgbeke iba a verla a menudo llorando a lágrima viva porque Anikwenwa se había enfadado con ella y no había querido comer, o le había prohibido ir a la boda anglicana de una amiga porque los anglicanos no predicaban la verdad, y Nwamgba decoraba sus vasijas en silencio, sin saber cómo manejar a una mujer que lloraba por cosas que no merecían su llanto.

Todo el mundo llamaba «missus» a Mgbeke, hasta los no cristianos, quienes respetaban a la esposa del catequista, pero el día que fue al arroyo de Oyi y se negó a quitarse la ropa por ser cristiana, las mujeres del clan, indignadas de que se atreviera a despreciar a su diosa, le dieron una paliza y la dejaron en el bosquecillo. Enseguida corrió la voz. Missus había sido hostigada. Anikwenwa amenazó con encerrar a todos los ancianos si su esposa volvía a recibir ese trato, pero el padre O'Donnell, en su siguiente visita al puesto de Onicha, fue a ver a los ancianos y se disculpó en nombre de Mgbeke, y preguntó si las mujeres cristianas podían ir vestidas a coger agua. Los ancianos se negaron –si uno quería agua del arroyo de Oyi, tenía que seguir las normas de Oyi–, pero se mostraron amables con el padre O'Donnell, quien los escuchó y no se comportó como Anikwenwa.

Nwamgba estaba avergonzada de su hijo e irritada con su nuera, contrariada con la vida enrarecida que llevaban los dos, tratando a los no cristianos como si tuvieran la viruela, pero se aferró a la esperanza de un nieto; rezó y se sacrificó para que Mgbeke tuviera un hijo, porque así Obierika regresaría y traería algo de sentido común a su mundo. No se enteró del primero y segundo abortos naturales de Mgbeke, y solo después del tercero esta le habló de sus dificultades, sorbiendo y sonándose. Había que consultar al oráculo porque era una desgracia familiar, dijo Nwamgba, pero Mgbeke abrió mucho los ojos con miedo. Michael se enfadaría mucho si se enteraba de esa sugerencia. Nwamgba, a quien todavía le costaba recordar que Michael era Anikwenwa, acudió sola al oráculo, pero le pareció ridículo que hasta los dioses hubieran cambiado y ya no pidieran vino de palma sino ginebra. ¿Acaso ellos también se habían convertido?

Unos meses después Mgbeke fue a verla sonriendo con un bol lleno de uno de esos mejunjes incomestibles, y supo que su *chi* seguía bien despierto y que su nuera estaba embarazada. Anikwenwa había decretado que Mgbeke diera a luz en la misión de Onicha, pero los dioses debían de tener otros planes porque se puso de parto una tarde lluviosa; alguien corrió bajo la lluvia torrencial hasta la cabaña de Nwamgba para avisarla. Fue un niño. El padre O'Donnell lo bautizó Peter, pero Nwamgba lo llamó Nnamdi, porque creía que era Obierika que había vuelto. Le cantó, y cuando él se echó a llorar, le metió su pezón reseco en la boca, pero por más que se esforzó no sintió el espíritu de su magnífico marido. Mgbeke tuvo otros tres abortos naturales y Nwamgba acudió muchas veces al oráculo, hasta que un nuevo embarazo prosperó y nació una segunda criatura, esta vez en la misión de Onicha. Una hija. En cuanto Nwamgba la sostuvo en los brazos, los brillantes ojos de la niña le sostuvieron la mirada extasiados y ella supo que era el espíritu de Obierika que había regresado; era extraño que lo hubiera hecho en una niña, pero ¿quién podía predecir los designios de los antepasados? El padre O'Donnell la bautizó Grace, pero Nwamgba la llamó Afamefuna, «Mi Nombre No Se Perderá», y se quedó encantada con el solemne interés que prestaba la niña a su poesía y sus historias, y la despierta atención con que la adolescente la observaba cuando se esforzaba por hacer cerámica con sus manos recientemente temblorosas. Se quedó triste cuando Afamefuna tuvo que irse a un colegio de secundaria (Peter ya vivía con los sacerdotes en Onicha), porque temió que las nuevas costumbres del internado disolvieran su espíritu combativo y lo reemplazaran con una rigidez carente de curiosidad como la de Anikwenwa o con una débil indefensión como la de Mgbeke.

El año que Afamefuna se marchó al colegio de Onicha, Nwamgba tuvo la sensación de que se había apagado una lámpara en una noche sin luna. Fue un año extraño, el año en que se hizo de pronto la oscuridad sobre la tierra a media tarde, y cuando Nwamgba sintió el dolor tan arraigado en las articulaciones, supo que estaba cerca el final. Yació en su lecho luchando por respirar mientras Anikwenwa le suplicaba que se dejara bautizar y ungir para que pudieran celebrar un funeral cristiano por ella, ya que él no podía participar en una ceremonia pagana. Nwamgba le dijo que si se atrevía a llevar

a alguien para frotarla con ese aceite repugnante, lo abofetearía con todas sus fuerzas. Todo lo que quería era ver a Afamefuna antes de reunirse con sus antepasados, pero Anikwenwa
dijo que Grace estaba en plenos exámenes y no podía volver.
Sin embargo lo hizo. Nwamgba oyó abrirse la puerta con un
chirrido y ahí estaba Afamefuna, su nieta, que había venido
sola desde Onicha después de pasarse varios días sin dormir
porque su espíritu inquieto la instaba a regresar a casa. Grace
dejó en el suelo la cartera del colegio, dentro de la cual había
un libro de texto con el capítulo «La pacificación de las tribus
primitivas del sur de Nigeria», escrito por un administrador
de Worcestershire que había vivido siete años entre ellas.

Sería Grace quien leería sobre esos salvajes, fascinada con
sus curiosas costumbres carentes de sentido, sin relacionarlas
consigo misma hasta que su maestra, la hermana Maureen, le
dijese que no podía llamar poesía a esa sucesión de llamadas-
respuestas que le había enseñado su abuela porque las tribus
primitivas no conocían la poesía. Sería Grace quien se reiría a
carcajadas hasta que la hermana Maureen le hiciera salir de clase y llamara a su padre, quien la abofetearía delante de los profesores para demostrarles que sabía imponer disciplina. Sería
Grace quien durante años sentiría un profundo resentimiento hacia su padre y pasaría las vacaciones trabajando de criada
en Onicha solo para evitar las mojigaterías y adustas certezas
familiares. Sería Grace quien, al terminar el colegio, daría clases en una escuela de Agueke, donde la gente contaría historias sobre la destrucción a la que habían sometido a su pueblo
las armas de los blancos años atrás, historias que ella no sabría
si creer, porque también había de sirenas que se aparecían en
el río Níger con fajos de billetes nuevos. Sería Grace quien,
siendo una de las pocas mujeres que estudiaban en la Universidad de Ibadan en 1950, cambiaría su licenciatura de química por la de historia cuando, tomando un té en casa de una
amiga, oyera hablar del señor Gboyega. El eminente señor
Gboyega, un nigeriano de piel achocolatada educado en
Londres, distinguido experto en la historia del Imperio britá-

nico, dimitió asqueado cuando la Junta de Exámenes de África Occidental empezó a considerar añadir la historia africana al plan de estudios, horrorizado de que se contemplara siquiera como un tema. Grace reflexionaría sobre ello con gran tristeza, estableciendo un claro vínculo entre la educación y la dignidad, entre lo duro y obvio que aparece impreso en los libros, y lo delicado y sutil que se aloja en el alma. Sería Grace quien empezaría a replantearse su propia educación, lo alegremente que había cantado el día del Imperio: «Dios salve a nuestro noble Rey. Que lo haga victorioso, feliz y glorioso. Larga vida a nuestro Rey»; lo desconcertada que se había quedado al leer palabras como «papel pintado» o «dientes de león» en sus libros de texto, incapaz de visualizarlos, o cómo se había peleado con problemas de aritmética que tenían que ver con mezclas, porque ¿qué eran si no el café y la achicoria, y por qué tenían que mezclarse? Sería Grace quien empezaría a replantearse la educación de su padre y se apresuraría a volver a casa, donde, viéndolo con los ojos acuosos por la edad, le diría que no había recibido todas las cartas que se había negado a abrir, y respondería amén cuando él rezara, apretando los labios contra su frente. Sería Grace quien, al pasar de regreso por Agueke, se vería perseguida por la imagen de un pueblo destruido e iría a Londres, a París y a Onicha para buscar en archivos mohosos, y reconstruiría la vida y los olores del mundo de su abuela hasta escribir el libro que titularía *Pacificar con balas; una historia recuperada del sur de Nigeria.* Sería Grace quien, durante una conversación sobre su primer manuscrito con su prometido, George Chikadibia (elegante licenciado del Kings College de Lagos, futuro ingeniero y experto bailarín de salón que vestía con trajes de tres piezas y decía a menudo que un colegio sin latín era como una taza de té sin azúcar), sabría que el matrimonio no duraría cuando él le dijera que se equivocaba al escribir sobre una cultura primitiva en lugar de sobre un tema que merecía la pena como las alianzas africanas en la tensión entre los norteamericanos y los soviéticos. Se divorciarían en 1972, no a raíz de los cuatro abortos naturales que tendría Grace, sino porque una noche se despertaría empapada en sudor y se daría cuenta de que estrangularía a su marido si tenía que volver a oír un extasiado monólogo más sobre sus tiempos en Cambridge. Sería Grace quien, tras recibir premios en la universidad, mientras hablaba en solemnes conferencias sobre los iowa, los ibibio, los igbo y los efik del sur de Nigeria, y escribía para organizaciones internacionales artículos sobre cosas comunes por los que aun así le pagaban generosamente, imaginaría a su abuela bajando la vista y riéndose divertida. Sería Grace quien, sintiendo un extraño desarraigo en los últimos años de su vida, rodeada de sus premios, sus amigos y su jardín de rosas sin igual, acudiría al juzgado de Lagos y cambiaría oficialmente su nombre por el de Afamefuna.

Pero ese día, sentada junto a su abuela en la última luz de la tarde, Grace no contempló su futuro. Se limitó a cogerle la mano, con la palma endurecida tras años de hacer vasijas de barro.

## AGRADECIMIENTOS

Gracias a Sarah Chalfant, Robin Desser y Mitzi Angel.

Los siguientes relatos han sido publicados previamente: «Jumping Monkey Hill», en *Granta 95: Loved Ones*; «El lunes de la semana pasada» («On Monday of Last Week») en *Granta 98: The Deep End*; «Los concertadores de bodas» («The Arrangers of Marriage») con el título de «New Husband» en *Iowa Review*; «La celda uno» («Cell One») y «La historiadora obstinada» («The Headstrong Historian») en *The New Yorker*; «De imitación» («Imitation») en *Other Voices*; «La Embajada estadounidense» («The American Embassy») en *Prism International*; «Algo alrededor de tu cuello» («The Thing Around Your Neck») en *Prospect 99*; «Mañana está demasiado lejos» («Tomorrow Is Too Far») en *Prospect 118*; «Una experiencia privada» («A Private Experience») en *Virginia Quaterly Review*; y «Fantasmas» («Ghosts») en *Zoetrope: All-Story*. «La Embajada estadounidense» también apareció en *The O. Henry Prize Stories 2003*, editado por Laura Furman (Anchor Books, 2003).